D1092163

Coordinador de la colección: Daniel Goldin
Diseño: Joaquín Sierra, sobre una maqueta
original de Juan Arroyo
Diseño de portada: Joaquín Sierra
Dirección artística: Rebeca Cerda

A la orilla del viento...

Primera edición en portugués, 1989
Primera edición en español, 1995
Sexta reimpresión, 2004

Garcia, Edson Gabriel
    El diario de Biloca / Edson Gabriel Garcia ; ilus. de Claudia de Teresa ;
trad. de Fátima Andreu. — México : FCE, 1995
    106 p. : ilus. ; 19 × 15 cm — (Colec. A la Orilla del Viento)
    Título original Diário de Biloca
    ISBN 968-16-4031-4

    1. Literatura infantil I. Teresa, Claudia de, il. II. Andreu, Fátima, tr.
III. Ser IV. t

LC PZ7 Dewey 808.068 G532d

Título original:
Diario de Biloca

© 1989, Edson Gabriel Garcia
© 1989, Atual Editora Ltda., São Paulo
ISBN 85-7056-180-6

D. R. © 1995, Fondo de Cultura Económica
Carretera Picacho-Ajusco 227; 14200 México, D. F.

www.fondodeculturaeconomica.com
Comentarios y sugerencias: alaorilla@fce.com.mx

ISBN 968-16-4031-4

Impreso en México • *Printed in Mexico*

EDSON GABRIEL GARCIA

ilustraciones de
Claudia de Teresa

traducción de
Fátima Andreu

caligrafía de
Alejandra Montemayor y Norma Soto

El diario de Biloca

FONDO DE CULTURA
ECONÓMICA

Febrero 15

Hoy me regalaron este diario. Mentira. Me lo dieron el año pasado, el día en que los amigos secretos intercambian regalos. Me puse supercontenta de que me tocara ser la amiga de Dri. Me encantó el diario... pero apenas comencé a escribir hoy porque hubo vacaciones... luego comenzaron las clases... Bueno, la verdad, no había empezado por pura flojera, pero me gusta escribir. Prometo que a partir de hoy no fallaré ni un día siquiera... Sólo si...

Espero que realmente sucedan cosas buenas para contarlas. Si pasa como el año pasado, Dios mío. No me quiero ni acordar, pero como no puedo controlar la puertita de los recuerdos, termino recordando todo otra vez. Lo peor de todo fue el examen extraordinario de Portugués que tuve qué hacer. Por poco y termino el año con una bomba que de seguro hubiera explotado en mi casa. ¡Uf!, menos mal que ya pasó, y lo pasado, pasado. Este año no voy a hacer tonterías. Exámenes extraordinarios nunca más. Voy a sacarme buenas calificaciones. Sin... Bueno, basta de hablar de cosas aburridas. Creo que para comenzar un diario se necesitan cosas alegres, si no es de mala suerte.

Biloca

Febrero 16

Las clases comienzan mañana. Año nuevo, vida nueva. Ojalá que no me toque en el mismo salón que Marilia.

Febrero 22

Nada importante. O mejor dicho: todo es importante. Como no cabe todo aquí ni tengo tanto tiempo para escribir, escojo alguna cosa y ya. Anteayer necesitaba dinero para comprar un par de tenis nuevos. Hice un recado tempranito en la mañana, antes de ir a la escuela y lo pegué en la puerta del refrigerador con un imán, en el mismo lugar donde mi mamá anota las cosas que no deben olvidarse.

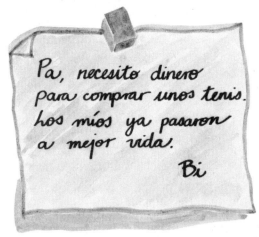

A la hora de la comida la respuesta estaba en el mismo lugar.

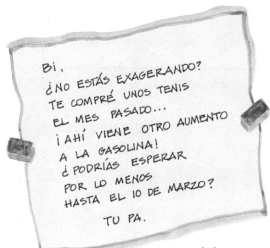

Bi,
¿NO ESTÁS EXAGERANDO?
TE COMPRÉ UNOS TENIS
EL MES PASADO...
¡AHÍ VIENE OTRO AUMENTO
A LA GASOLINA!
¿PODRÍAS ESPERAR
POR LO MENOS
HASTA EL 10 DE MARZO?

TU PA.

Muy inteligente mi pa. Tiene buena memoria. Mejor que la mía. ¿Quién fue el que dijo que los adultos pierden la memoria? ¿Y eso del alza de la gasolina? Si fuera un problema de aumento en los precios, estoy perdida, jamás tendré un nuevo par de tenis.

Hay aumentos todo el tiempo, uno tras otro, ¡tantos! Sólo mi mesada no aumenta. Mesada: qué nombre más extraño para una miseria de dinero. ¿Se llamará así porque papá deja el dinero encima de la mesa y sale despacito sin hacer ruido, como con vergüenza por lo poquito que es, o será porque me lo da cada mes? De cualquier manera, sobran muchos días del mes al fin de la mesada.

A la hora de la comida no dejé pasar la oportunidad, escribí otro recadito para papá. Toma una cucharada de tu propia medicina.

¡Pa, se te olvidó
que sólo tengo un par!
A menos que me ponga
los pies en la cabeza.

Y salí antes que él. Tenía tarea qué hacer en la casa de Adriana. No tuve ni tiempo de ayudar a mi mamá a arreglar la cocina. Ella refunfuñó: "siempre buscas alguna excusa", pero hizo como que había comprendido. Cosas y corazón de madre.

En la tarde tenía la respuesta del señor Alceu, mi papá, mi dulce padre. En un trozo de bolsa de pan.

No aguanté y grité bien alto: "¡qué mala onda!", desde lo más profundo de mi rabia. A la hora de la cena, cuando él llegó, ya había otro recado, esta vez escrito en el mismo pedazo de bolsa de pan que él había usado, pero del otro lado.

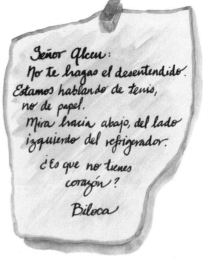

Bi,
¿NO CREES QUE ESTÁS GASTANDO MUCHAS HOJAS?
¡LUEGO ME VAS A PEDIR QUE TE COMPRE OTRO CUADERNO NUEVO!
UN BESO EN LA PUNTITA DE ESA NARIZ DE BOLITA.
TU PA.

No quise cenar ni platicar con él. Después de todo, ¿es ésa la manera de tratar a una hija?

Biloca

Señor Alceu:
No te hagas el desentendido. Estamos hablando de tenis, no de papel.
Mira hacia abajo, del lado izquierdo del refrigerador.
¿Es que no tienes corazón?

Biloca

Febrero 23

Hoy en la mañana, cuando desperté, tenía un papel doblado cerca de la puerta de mi cuarto. Lo tomé; era un mensaje de mi padre. Tenía hasta un recorte de revista.

El señor Alceu me paga con la misma moneda. Voy a devolvérsela con intereses y con ajuste monetario.

¿ASÍ ESTÁ BIEN?

Biloca

Febrero 24

No hablé más con mi pa, ni en papel ni en persona. Tampoco hablé con mi mamá. ¿Cómo voy a ir al cumpleaños de Ricardo? ¿Hecha una piltrafa? Y frente a André, a Kikón, a Dri, a Isa... Y hablando de su cumpleaños, ve qué simpática está la invitación que me mandó. Lo adoro. Ricardo es un amigo para platicar y de corazón.

Estás invitada a mi fiesta. El sábado, después de las cinco de la tarde, en mi casa.

Ricardo

Biloca, sin ti la fiesta no es fiesta.

Febrero 25

Diario mío, sé que no debería llenarte con este tipo de rollos, pero, aquí entre nos, ¡¡¡hay cada gente aburrida!!! Como Marilia.

Febrero 26

Hace diez días que empezaron las clases y (me muero de vergüenza por decirlo, pero es la más pura verdad verdadera) ya estoy hasta la coronilla. Mi grupo es muy grande, casi cuarenta alumnos.

más vale un pájaro en mano que dos prisioneros en una jaula

Es divertido a la hora de la entrada y en el recreo. A la salida nos reunimos en grupos a platicar y andamos juntos por ahí un buen rato. Circulan muchas historias, bromas y risas. Pero a la hora de la clase se complican las cosas. Una alumna, como yo, que no es la "primera de la clase" y cuyo pensamiento vuela muy lejos a todas horas, tiene mucha dificultad en concentrarse y poner atención a lo que explican los profesores. Siempre hay un rumorcito en el aire, un zumbido y un runrún de plática que nunca se acaba, una mano suelta que esculca por debajo, una pelota de papel arrugado que vuela de un lugar a otro, una pregunta tonta hecha a propósito, una tos fuera de tiempo e innumerables broncas para los profesores. (Dicho sea de paso, cuando un profesor muere debe irse derechito al cielo, sin escalas.) El grupo es a todo dar, pero somos muchos. Parece un camión repleto al final del día. Además, hay uno que otro profesor dificilísimo de soportar, y cada tema ¡que para qué te cuento! No lo vas a creer, pero el otro día vimos en la clase de Ciencias un rollo llamado acústica, que trata del sonido, de la frecuencia y de la velocidad del sonido... ¡Oye, cosas de locos! Siempre le pregunto a mi mamá por qué en la escuela no enseñan cosas que podamos aprovechar en la vida. Es muy aburrido estudiar algo que uno no sabe para qué sirve. La profesora de Portugués, Glorita, siempre está orientando nuestras lecturas y recomendándonos libros interesantes, además de ayudarnos en las redacciones. Por increíble que parezca, a la mayoría de mi clase le gusta leer y escribir... ¡Pero que ni se hable de gramática! ¡Uf! ¿Quién la inventó? ¿Para qué sirve? ¡Uf! ¡Dios me libre! ¡Ave María! En el periódico mural, el otro día leí una poesía, no sé de quién, que era muy divertida. Sobre un profesor que fue asesinado ¡por un objeto directo! ¡Tú crees! Si la vuelvo a ver (la poesía) en el periódico mural te saco una copia. Bueno... ya basta de impertinencias. Hay un chico nuevo en mi clase. Vino de otra escuela, no sé cuál. Ya hizo migas con todo el salón. Marilia no tardó en dejar caer sus colores junto a él, pero él: "ni caso te hago". Lo curioso es que ella ahora va a la escuela con ropa de marca. Alfonso mandó avisar a su casa que la próxima vez que se presente sin uniforme no podrá entrar a clases. Bien hecho, bien merecido. Hay gente que piensa que la ropa lo es todo en la vida. Por fuera bella guitarra, por dentro pan podrido, como dice el dicho. Yo no hago el más mínimo caso de esas cosas de ropa de marca, de diseñadores, sólo un poquito... Al final nadie es de palo y también me gusta la ropa bonita, bien hecha, bien escogida. Fin de la plática. Ro es todo un galán y hace cada dibujo súper acá. No me ha dado ninguno, pero ya le pedí uno.

Besos,

Biloca

Querida Juliana:

A pesar de haberte conocido hace tan poco tiempo, me siento como si fuera tu verdadera amiga y espero que tú también pienses lo mismo de mí. ¡Es tan bueno saber que tenemos una amiga con quien platicar de ciertas cosas que se quedan guardadas en los cajoncitos escondidos de nuestra vida! No te pongas a pensar "qué serán esas cosas". No pienses nada por adelantado. Espera un poco que ya te las contaré. Sólo espero que tengas paciencia para oírlas; quiero decir, para leerlas. ¡Ah! No necesitas responder, si no quieres. Si tú lo lees, yo con eso me sentiré bien: como dicen los adultos, "es tan bueno tener un hombre en qué apoyarse"; yo digo: es tan bueno tener un oído amigo. Sólo espero no volverme aburrida. Bueno... ¡Cada cosa interesante que sucede en nuestra vidas! ¿Puedes creer (¡ay!, pues claro que lo crees, debe haberte sucedido a ti también) que hasta el año pasado el único sentimiento fuerte que tenía hacia los muchachos era el de echarles bronca? Bronca por la manera tan encarnizada de hablar, por la manera atolondrada de caminar... y por un montón de otras cosas. Pero este año las cosas cambiaron... o yo cambié, sólo Dios sabe. Pues bien, así, casi de repente, los encontré más divertidos, interesantes, más esto y más lo otro. ¿Puedes creerlo? Y lo peor (o lo mejor...) es que hay un compañero de mi salón que es más divertido, interesante, más eso, más aquello, y que los otros. Es Rodrigo. Cuando lo veo, o cuando platico con él, siento algo diferente. El corazón me late más aprisa, un escalofrío que es caliente y frío al mismo tiempo me recorre el cuerpo y un sabor a pastillas de menta me llena la boca. ¿Será que eso es...? ¿Será? ¿Y por qué con él? Está siempre rodeado de niñas. ¿Qué piensas de esto, Juliana? ¿Qué hago? ¿Dejo que el tiempo pase? Claro, comienzo por ahí. Algo pasará, de una u otra manera. Si tienes más paciencia te volveré a escribir para contarte lo ocurrido.

Fabiana, 26/02

Febrero 28

(el mes más corto y más agradable porque hay menos cosas aburridas en la vida de la gente)

Mi papá no me ha comprado los tenis ni me dio el dinero. ODIO a mi padre. En cualquier momento armo un escándalo para que todos los vecinos se enteren. Odio a mi papá. Él es feo, horroroso. Menos mal que este mesecito tan corto ya se acabó.

Hoy no mando besos, capaz que me sale veneno.

Biloca

Marzo 3

(este mes es más largo, tarda en acabarse)

Ahí te va una copia de la poesía del profesor y el objeto directo. ¡Genial, ¿no? Entiéndelo como quieras, lo escribió un poeta brasileño de este siglo y es muy importante. Disculpa la tardanza, pero anduve muy ocupada esta semana.

El asesino era el escribano

Paulo Leminski

Mi profesor de análisis sintáctico era del tipo de sujeto inexistente.
Un pleonasmo, el principal predicado de su vida,
regular con un paradigma de la 1ª conjugación.
Entre una oración subordinada y un adjunto adverbial,
él no tenía dudas: siempre encontraba una manera
asindetónica de torturarnos con un opuesto.
Se casó con una regencia.
Fue infeliz.
Era posesivo como un pronombre.
Y ella era bitransitiva.
Trató de ir a los EUA.
No resultó.
Encontraron un artículo indefinido en su equipaje.
La interjección del bigote declinaba partículas explicativas, conectivos
y agentes de pasivo, todo el tiempo.
Un día, lo maté con un objeto directo en la cabeza.

¡ de vez en cuando dan unas ganas! ...

Biloca, bibibi

Marzo 4

Tomé una decisión importante: ya no te voy a firmar con mi nombre completo. A partir de hoy sólo voy a escribir "Bi". Es más corto, bonito y delicado. Así me dice Ro. Y si Ro lo dijo, está dicho.

Besote todo embarrado de azúcar,

Bi

Querida Juliana:

Si piensas que me olvidé de ti o que desistí de entender mejor mis sentimientos, te equivocas. Aquí estoy otra vez, más interesada que antes y, ciertamente, menos que mañana. ¿Ya pensaste en algún nombre para este arrocito: ¿ligue? ¿Enamoramiento? ¿Sintonía? ¿Relación? Sea lo que sea, mi interés por Ro aumentó. ¿Y quieres saber por qué? Por una razón muy sencilla: miró distraídamente varias veces hacia donde yo estaba, como quien no quiere la cosa. No conté cuántas veces, pues si las contara tal vez me equivocaría y aumentaría el resultado final. Pero de que me miró, me miró. Tampoco sé por qué me mira así. ¿Será que le parezco una chica interesante? Sinceramente, a veces me veo al espejo y siento que todavía me faltan ciertas cosas para ser una joven. ¿Qué habrá visto en mí? Nunca me imaginé que hacer un ligue fuera así de difícil. Podría ser más fácil, como comprar un helado o copiar ejercicios del pizarrón. Uno lo hace y ya. Un día me buscó y me pidió unos apuntes de la clase de Gloria, porque había faltado. Dijo que pensaba que yo era una alumna entendida en eso de leer y escribir, y que yo era muy inteligente. ¿Qué piensas, Juliana, qué significa el hecho de que un chico te diga que eres inteligente? ¿Habrá gato encerrado? ¿Y las otras chicas que lo siguen rondando? No lo dejan en paz nunca. A veces, para que mis ojos se crucen con los de él, necesito hacer ¡cada acrobacia! ¿Qué piensas? ¿Me quedo esperando o me afilo las uñas (¿con o sin barniz?) y me lanzo a la guerra? No sé si a los chicos les gusta más que las niñas sean osadas o tímidas. ¿Lo sabré algún día? Y entonces, ¿no será tarde?

Fabiana, 4/03

Marzo 6

Adoro a mi pa. Me compró unos tenis nuevos, lindos. No soy consumista, como dice mi mamá de vez en cuando, pero tampoco soy de palo ni franciscana y me encanta que me den regalos inesperados, sobre todo ropa nueva.

Mi hermano Pauliño es un malvado tonto y consentido. Se metió a mi cuarto y esculcó mis cosas, lo puso todo fuera de lugar. Se atrevió a abrir el armario y meter las narices mis ocho carpetas de papel con cartas. Y el Cariñitos estaba en el suelo. Imagínate el coraje que me dio ver a mi osito de peluche blanco en el suelo, triste y con frío. Y lo peor de todo es que se lo conté a mi mamá y, ¿sabes lo que me respondió?: dijo que ésas son cosas de niños, ¡cosas de la edad! ¡Qué rabia, qué rabia, qué rabia! ¡Cosas de la edad! Cuando se trata de mí la bronca viene directa: "ya no eres una niña, eres casi una joven!" ¿Será que a mi edad ya no hay "cosas de la edad"?

Mañana, después de clases, viene Isa a la casa. Dice que tiene un gran secreto que contarme. ¿Qué será? Creo que ya lo sé...

Besos,

Bi

Marzo 7

Isa vino, comió aquí y después de la comida, mientras despachábamos una docena de manzanas, me contó el secreto... Me hizo jurar que quedaría entre nosotras, que no era para contarlo a las otras niñas del salón, que todas tienen la lengua muy larga y no saben guardar secretos. Después que me lo contó, escribió el secreto en un pedazo de papel, lo dobló y me hizo jurar que yo nunca abriría el papel doblado y pegado.

Lo prometí. Y prometí también, como lo estoy haciendo, que pegaría el secreto doblado en una página del diario que Dri me dio. Por eso, el secreto nos pertenece a nosotros tres: Isa, tú y yo, ¿verdad?

La primera promesa está cumplida aquí arriba.

La otra la voy a relatar ahora. Prepárate, pues voy a contar todo de un tirón, después explico los detalles, de la misma manera que ella me lo contó, de un tirón. El asunto es éste: Isa besó a Beto en la boca. ¿Estás sorprendido? Yo no. Un día eso iba a suceder, igual que va a sucerme a mí, ¿no es cierto? Entonces... ella me contó que había ido a una fiesta de cumpleaños de una vecina y también Beto. Después de las felicitaciones, despejaron la cochera de la casa, colocaron unas bocinas al tocadiscos y se pusieron a levantar polvo. Hubo un momento en que tocaron una canción calmada de Stevie Wonder y Beto abrazó a Isa. Comenzaron a bailar muy pegaditos. Después acercaron sus mejillas. Bueno, ella dijo que le dieron unas ganas locas de besarlo, y cuando se dio cuenta se estaban besando en la boca. Le pregunté que si no le daba asco y ella me dijo que antes pensaba que sí le daría, pero que en el momento del beso todo se desvaneció y no sintió más que lo rico del beso y otras cosas deliciosas que no pudo explicar claramente. Le pregunté que cuántos besos le había dado en la boca y me respondió, toda presumida, que sólo uno, pero que valía por muchos. Después nos quedamos platicando boberías e imaginando una encuesta en donde las personas tendrían que responder preguntas como: "¿qué se te hace más rico: dar un beso de diez minutos o diez besos de un minuto?" Puras tonteras, ¿no?

Fue una tarde estupenda. No solamente en la escuela se aprenden cosas, ¿ verdad?

Bi

(Beso de Isa)

Marzo 8

Isa pasó la hoja con la pregunta y algunos compañeros fueron respondiendo
con señales. Mira los resultados.

Isa no escribe muy bien a máquina

QUE PREFIERES:

UN BESO DE DIEZ MINUTOS ☑ Γ

O

DIEZ BESSOS DE UN MINUTO ☑ ☑ Γ

Marzo 9

Mañana es cumpleaños de Ricardo. Voy a ir con la mamá de Isa. ¿Ropa nueva?
¡Ni pensarlo! ¿Te acuerdas (claro que te acuerdas, ¡hace tan poco tiempo!) de
los tenis nuevos que le pedí a mi pa? ¿Qué escándalo, no? Voy a tener que
hacer acto de presencia con la ropa que tengo. Eché un vistazo a mi ropero y no
encontré nada decente. En el peor de los casos Isa me prestaría aquella
camiseta verde grande que me pondría encima de los pantalones de mezclilla y
con los tenis nuevos. Así sí resulta. Si no resulta, de todos modos voy así. Me
estoy enterando que, además de mis amigos de la escuela, va a ir un grupo de

amigos de Ricardo, vecinos de él o de donde él vivió, no sé, y otras amistades de Ro. ¡Es tan bonito conocer gente!

Bi

Marzo 11

El cumpleaños de Ricardo fue un chasco. Algún día te contaré, pero no sé si valdrá la pena.

Besos poco alegres
pero no tan tristes
Bi

Querida Juliana:

Discúlpame este largo retraso, pero en todo este tiempo no dejé de pensar en él. ¡Qué curioso, no! Las otras cosas parecen tener tan poco interés en la vida. Ni siquiera la comida parece tan sabrosa. Bueno... tardé un poco pero valió la pena esperar. Tengo una cosa deliciosa que contarte. Me encontré a Rodrigo en una fiesta. No fue casualidad. Yo sabía que estaría allí. Había mucha gente, pero para mí era como si estuviera sólo él en la fiesta. Salvo cuando alguna niña llegaba y se quedaba allí, junto a él, y no lo dejaba en paz. Él no paraba de bailar ni un minuto. Hasta que... llegó mi turno (le dio la escoba al muchacho que estaba bailando conmigo) y por primera vez bailamos. ¿Sabes lo que sentí? Cada vez que su cuerpo se acercaba al mío aquellos escalofríos medio calientes hacían una revolución en mi cuerpo, del dedo gordo del pie hasta la punta del último cabello. ¿Te imaginas? ¡Y cómo platicamos! Acerca de todo. Pero él hablaba mucho de mí. Yo, como soy buena para escuchar, interesada en la conversación, oía, oía y... me gustaba. Hubo un momento en

que me salió con que: "¡Ah, Fabiana, es una pena que seas todavía una niña!"
Me enojé muchísimo con él. Y no era para menos. Tengo casi trece años de
edad y ésa ya es una edad de joven... o casi. ¿Qué es lo que se está pensando?
Y de puro coraje le lancé una mentira diciendo que yo hasta tenía novio.
Conseguí moverle el tapete. Él me miró y dijo "¿qué?" Me gustó. Pero por
dentro lo que yo quería era decirle la verdad, quiero decir, dos verdades: la
primera, que yo nunca he tenido novio, y la segunda, que me encantaría que él
fuera mi primer novio. Pero me faltó valor. ¿Y si le hubiera dicho? ¿Qué
pensaría él? ¿Qué hubiera pensado? ¿Podría confundirme con ese montón de
niñas que como no tienen qué hacer buscan a los chicos? Voy a darle tiempo al
tiempo.

Fabiana, 12/03

Marzo 15

Las niñas del salón escogieron a "muñeco de chocolate" como el más bonito
del grupo. Él no lo sabe, pero pronto se va a enterar. Estamos pensando e
imaginando una manera muy divertida de hacérselo saber. Una carta anónima
enviada a su casa, un aviso llamativo en el periódico mural...

Fui otra vez al espejo del armario, que es el más grande de mi casa, y me
vi de la cintura para arriba. Todavía nada. Sin embargo, empiezo a notar
algunos cambios en mi cuerpo. Mientras tanto...

Besos esperadores,

Bi

Marzo 16

Recibí un cuaderno de Lu para responder unas preguntas. Voy a contestar, por supuesto. Pero lo que yo quisiera es leer las respuestas de las otras personas. ¡Debe haber cada respuesta!

Besos,

Bi

Marzo 22

Hoy, cuando abrí mi libro de Matemáticas, exacto en la página de los ejercicios que el profesor nos dijo que hiciéramos, encontré un recadito doblado y con un clip. Por mera curiosidad, abrí el pedazo de hoja del cuaderno y, medio de pasada, con mil números en la cabeza, leí este recado:

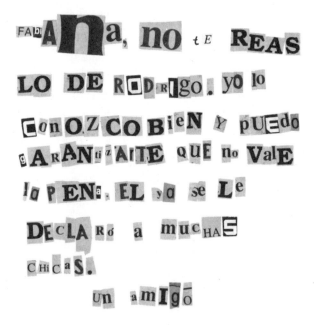

FABIAna, no te REAS LO DE RODRIgo. YO lo ConOZCO BieN Y pUEdo gARANtizATE QUE no VAlE lo PENa. EL ya se Le DEcLARó a muchaS CHiCaS.

Un amIgó

¡Me llevé un susto! Nadie sabe que Ro me interesa (creo que ni él lo sabe). ¿Cómo es posible que alguien hubiera descubierto eso? ¿Habrá sido en la fiesta de cumpleaños de Ricardo? Pero muchas niñas bailaron música calmada, abrazadas a él. Y hablando de esa fiesta, me puse furiosa con una tal Vivianita, prima de Marilia. No niegan su parentesco, son dos gallinas, ni más ni menos. Después de que Ro bailó con esa tonta de Vivianita, ella no se le despegó.

Por eso no me gustó la fiesta y hasta me fui temprano. Si no te importa, no quiero hablar más de la fiesta de Ricardo. Tengo mis razones. Y, regresando al asunto de Ro, juro que no se me salió nada pues sé guardar bien los secretos. Si ni siquiera Isa sabe de mi pasión por Ro, ¿cómo es posible que alguien pueda descubrirlo? ¿Y viste el recado? ¡Qué trabajazo! Recortar letra por letra de revistas y periódicos y pegarlo todo con tanta paciencia. ¡Todo por una amiga! Será un amigo, pero bien de lejos. Bueno... me perdí un poco en estos pensamientos, y cuando regresé a la realidad, Kioji ya había dictado la tarea a toda la clase, todo el mundo estaba con la cabeza hirviendo, les salía humo, tratando de resolver media tonelada de expresiones y él junto a mí, viéndome con una cara tremendamente simpática y burlona, y que me pregunta: "¿Alzando el vuelo, Fabiana?" ¡Qué susto! ¡Hice el ridículo y, para acabarla, en su clase! No soy muy buena para las matemáticas y me esfuerzo mucho para entender todo

hasta que lo logró, y nunca he dejado de hacer las tareas. Pero el recado...
No tengo la menor idea de quién me lo mandó. Después de la clase yo
investigué entre un puñado de personas y nadie sabía nada. No hablé de lo que
estaba escrito, por supuesto, era un secreto sólo mío, o mejor dicho, nuestro.

Besos endulzados con endulzador,

Bi

P. D. Discúlpame por los rayones que hice el día 11.
Prometo que no haré eso otra vez ni tendré accesos de locura.
Mañana voy a dormir hasta tarde. Espero que mi mamá no me despierte
temprano para ayudarla en el quehacer de la casa. Odio la limpieza y odio la
suciedad.

Marzo 31
(Fecha de la revolución. ¿Qué revolución?
La revolución del 31 de marzo.)

Hoy salimos más temprano de la escuela pues faltaron dos profesores. De
broma, los compañeros dijeron que fue por la revolución. El profesor de Moral
habló sobre la tal revolución. Cambiaron el gobierno, persiguieron y mataron
personas, cazaron comunistas. En mi interior pienso que si todo eso fue para
mejorar el país, fracasaron rotundamente. La clase hasta parecía ceremonia
cívica, pero al revés. Sólo faltó el Himno Nacional. Me acordé de otras
ceremonias. La confusión total. Los del salón sólo se calman cuando están
cantando el Himno Nacional, y aun así nadie entiende a nadie. Creo que nadie
se sabe el Himno. Entonces el profesor pone el disco y nos quedamos

oyéndolo, cantando una que otra estrofa. El año pasado, en una de esas conmemoraciones, cambiaron las cubiertas de los discos y a la hora del Himno Nacional lo que escuchamos fue el comienzo de la canción de las Fiestas de Junio, de aquellas en que los muchachos hacen comparsas. ¿Tú crees? Recorté un pedazo del Himno Nacional, el extracto que me gusta más, y te lo traje.

¡Acostado eternamente en un lecho espléndido
Al son del mar y la luz del cielo profundo,
Resplandeces, oh, Brasil, florón de América,
Iluminado por el sol del Nuevo Mundo!

II

De la tierra más gallarda
Tus sonrisas, lindos campos tienen más flores,
"Nuestros bosques tienen más vida",
"Nuestra vida" en tu seno "más amores".

Abril 1

(primero de Abril)

¿Día de las mentiras o mes de la mentira?

El pasaje de camión subió otra vez. ¿Mentira?

Hay ciertas verdades que parecen mentiras.

¡Pobres de los pobres!

Bi

Abril 2

Lu casi se peleó conmigo pues apenas ayer le regresé su cuaderno de las respuestas. Inventé mil disculpas y no aceptó ninguna. Respondí todo y saqué fotocopias de las respuestas de un montón de gente.

¿No te importa si pongo aquí las respuestas de Ro, de Isa, de Ricardo y de Dri?

1. ¿Cómo te llamas? ¿Y tu edad?
    Ricardo de Souza. 14 años

2. ¿Juras responder todo con la
    más completa verdad?
     Juro que responderé con la
     verdad más verdadera del mundo.

3. ¿Tienes novio (a)?
     Tengo dos.

4. ¿Te gusta mucho? ¿Cómo se llama?
     No puedo decir los nombres
     por nada de este mundo porque
     prometí guardarlos en secreto.

5. ¿Has dado besos en la boca? ¿A
    quién?
     Muchas veces. A mil chicas

6. ¿Qué sensación tuviste?
     Cada beso es una sensación diferente.
     Sensación deliciosa, buena, cada vez mejor.

7. ¿Ya tuviste algún ligue? ¿Con quién?

Ya. No puedo hablar; si no, ella me parte la cara.

8. ¿Qué pasó? ¿Qué sentiste?

Imagínate tú.

9. ¿Cuál ha sido la emoción más fuerte de tu vida?

El primer beso en la boca.

10. ¿Qué piensas del futuro?

Nada. Voy pensando en el día de hoy y en el día de mañana.

11. ¿Qué opinas de ser joven?

Es lo más divertido.

12. ¿Qué piensas de mí?

Eres super buena onda.

13. Hazme una pregunta.

¿Te gusta alguien?

1. ¿Cómo te llamas? ¿Y tu edad?
   Rodrigo Ullec Lemos. 14 años

2. ¿Juras responder todo con la más completa verdad?
   Juro responder todo con la más completa verdad.

3. ¿Tienes novio (a)?
   No. Por el momento no quiero saber de esas cosas, pues necesito estudiar

4. ¿Te gusta mucho? ¿Cómo se llama?
   Sin nombres. Me gustaron todas las novias que he tenido.

5. ¿Has dado besos en la boca? ¿A quién?
   ¡Uy!, ya hasta perdí la cuenta. Fueron tantas veces con tantas chicas ques se me olvidaron los nombres.

6. ¿Qué sensación tuviste?
   Ninguna. Todas son unas mocosas.

7. ¿Ya tuviste algún ligue? ¿Con quién?

Ya. Con una chica de mi calle.

No me acuerdo de su nombre.

8. ¿Qué pasó? ¿Qué sentiste?

Un placer así de grande,

con G mayúscula.

9. ¿Cuál ha sido la emoción más fuer-

te de tu vida?

He tenido varias. Creo que la

mayor será cuando encuentre mi

verdadero amor.

10. ¿Qué piensas del futuro?

Como dice mi abuelita Reinalda,

el futuro pertenece a Dios.

11. ¿Qué opinas de ser joven?

Es la octava maravilla del mundo

12. ¿Qué piensas de mí?

Nunca me puse a pensar en eso, pero

creo que eres muy buena onda.

13. Hazme una pregunta.

¿Para qué?

P. D. Acabé por dejar solamente las respuestas de Ricardo y de Ro. Entre nosotras ya sabemos todo, santo y seña, todos los secretos. Pero, aquí entre nos, esos dos son unos grandes cuenteros, ¿no crees?

Bi

Abril 6

Debes estar preguntándote por qué será que no hubo ninguna historia del primero de abril, día de la mentira.

Fue a propósito. Encuentro fastidioso eso de tener un día especial solamente para las mentiras. Además de ser una gran mentira, la mayor de todas. Aquí en este país nuestro, donde yo vivo, hay mentiras todo el día, a todas horas, en todo lugar, por montones. El otro día, en la clase de Glorita (ya había hablado de ella, de Glorita, ¿no? Ella es la profesora de Gramática, es muy buena maestra. La adoro). Leímos un texto de un libro que se llama *¿Qué país es ése?*, de un poeta llamado Alfonso Romano Santana. Se armó un debate muy grueso en la clase, acerca de eso de la mentira. Gracioso (o triste, no sé) es que hay gente para todo. Hay gente que cree en cualquier cosa. Y hay mentiras para todo el mundo, de todo tipo. Lo que más me gustó fue el hecho de que la clase completa pudiera organizarse y hacer un buen debate acerca de la mentira. Al final hicimos una evaluación excelente y además le mandaron una mentira de primero de abril a la profesora. Fue una clase completa, total. Recorté un párrafo y te lo traje.

Besos de mentiritas,

Bi

Me mintieron ayer
y hoy me mienten nuevamente. Mienten
de cuerpo y alma, completamente.
Y mienten de manera tan pungente
que creo que mienten sinceramente.
Mienten, sobre todo, impunemente.
(...) Y de tanto mentir tan audazmente,
construyen un país
de mentira, diariamente.

(Alfonso Romano de Sant'Anna)   ¿Qué tal?

Abril 11

Ayer fui a ver la película *El hechizo del Águila* y, en una de ésas, uno de los personajes dijo: "Todos los mejores momentos de mi vida surgieron de la mentira". Me acordé del debate en la escuela sobre la mentira. Me acordé también del baño de las niñas a la hora del recreo. La mayoría fuma a escondidas del papá. Marilia fuma y me dijo que su mamá sabe y no le dice nada porque ella también fuma. Hay otras niñas que fuman y no se han vuelto a acercar al papá por miedo de que perciba el olor a cigarro. Fue interesante cuando el otro día, el profesor de Moral hablaba sobre el problema de las drogas y terminó por tocar el asunto del cigarro. Pidió que levantara la mano quien ya hubiera fumado con cierta frecuencia durante algún tiempo. ¿Vas a creer que la mayoría fueron niñas? De los niños solamente dos levantaron la mano. No sé si el profesor se dio cuenta, pero yo sí. ¿Será necesario fumar para ser mujer? Yo no fumo (tengo otros defectos; claro, nadie es perfecto), no soporto el olor del cigarro. En casa me la vivo peleando con mi mamá. Ella es una fanática de los cigarros, desde que era chica. Vive contándole a todos la historia del saco nuevo con el bolsillo quemado. Es como sigue: ella había ido a una fiesta y traía puesto su saco nuevecito. Cuando mi abuelo entró en la casa de la fiesta para recogerla, ella estaba con el cigarro en la mano, fumando en la cocina. El susto y el miedo fueron tan grandes que metió el cigarro en el bolsillo, y lo apagó con la propia tela. Resultado: se escapó de una tunda de su padre (un papá en aquella época no platicaba con su hija, luego luego le ponía la mano encima, aunque fuera enfrente de todo el mundo) pero no se escapó de tener un agujero en la ropa nueva. Después fue más fácil explicar a mi abuela la razón del agujero. Una mamá es una mamá y una abuela es una abuela.

Ayer, en una esquinita del pizarrón de la clase, después del recreo, estaba escrito FABIANA ESTÁ ENAMORADA DE R… Cuando me di cuenta fui corriendo a borrar eso, pero un montón de gente lo había leído y entonces que me empiezan a hacer burla. Lo peor (o lo mejor) es que la burla se hizo a la persona equivocada, pues todo el mundo pensó luego luego que era Ricardo, porque siempre platicamos y nos caemos bastante bien el uno al otro.

Recibí una carta de Alex, aquel muchacho de la ciudad de mi abuela que conocí en las vacaciones. Después te la enseño.

Besos sin sabor de humo,

Bi

Querida Juliana:

¡Ah! Juliana, ¡cada cosa que me pasa! Discúlpame. Con la prisa de contarte los acontecimientos, hasta olvidé saludarte. ¿Hice mal? No, ¿verdad? Te tengo siempre en mis pensamientos, y del lado izquierdo del corazón (el lado derecho sabes quién lo ocupa, ¿¡no!?). Si tú supieras... Se burlaron de mí. De esas veces que toda la clase se pone de acuerdo. Insinuaron que yo estaba apasionada por "R", R de Ricardo (o de Rodrigo) y no se cansaron de hacerme burla.

Rodrigo se me quedó viendo de lejos. Después de que las burlas acabaron, él vino con ganas de querer seguirlas y yo lo corté de inmediato: "¡No es R de Ricardo!"

Sólo faltó decirle que era R de Rodrigo. Pero eso sería demasiado, ¿no crees? Decirle a mi príncipe azul que es él el príncipe indicado, ¡¡es demasiado!! Bueno... pero conversamos unos minutos más. Él, como siempre, habló de su asunto preferido: yo. Yo, como de costumbre, escuché atentamente. Es gracioso que esta vez él no dijera "Es una pena que tú todavía seas una niña". ¿Sabes lo que dijo? Prepara tu corazón y escucha: "Estás volviéndote una joven muy bonita, Fabiana". Y entonces, Juliana... sólo falta un empujoncito para que él deje de ser un sueño y se vuelva un amor real. ¿Quién va a dar ese empujón? ¿Yo? ¿Crees que yo debería abrir la brecha? Pero así sería todo más fácil para él. La parte más difícil me tocaría a mí. ¿Tú de verdad crees que debo hablar? Decirle que me gusta y que quiero andar con él... Está bien... sólo pido tiempo. De veras: voy a hablar con él en un máximo de quince días. Puedes escribir: quince días, no más. Quien viva lo verá.

Fabiana, 12/04

esta es Betty   esta es Marti   el bolsillo con el hoyo del cigarro es este, medio escondido

Abril 15

Esta foto me la dio mi mamá, después de mucho rato y de prometerle que la guardaría y la cuidaría con mucho cariño, pues es un recuerdo suyo y fue tomada a principios de la década de los años sesenta. ¿Sabes por qué me interesa esa foto?: el saco con el bolsillo agujerado de mi mamá...

Mi mamá tenía diecisiete años en esa época. Pienso que ahora está más bonita que en la foto. El estilo del peinado es tan extraño. A veces tomamos los dos álbumes de fotografías antiguas que mi mamá guarda y nos quedamos viendo a la gente de tiempos pasados. La ropa, los peinados y hasta el estilo de la fotografía son muy diferentes ahora. Pero lo que más me gusta es cuando mi mamá, doña Regina, se sienta conmigo en la orilla de la cama y me comenta acerca de las cosas, de las personas, de las historias, de las fotografías. No sé por qué, de veras no lo sé, pero me encanta ver fotos antiguas y oír las palabras suaves de mi ma al acordarse del pasado. Ella cuenta las cosas con gusto, con un brillo especial en los ojos. Debe ser nostalgia o recuerdos de un tiempo muy bonito. Hasta yo, que no viví esas historias, nada más de oírlas me gustan, imagínate entonces cómo será para quien las vivió. El día en que me prestó la foto del saco con el bolsillo agujerado, me contó una historia superromántica. Podría jurar que era una copia de la de Romeo y Julieta. Me contó sobre una muchacha de una familia rica e importante de Nueva Esperanza (no era su amiga, pero resulta que mi ma la conocía y tenía una fotografía de ella en el álbum, era de una fiesta de la escuela) que se enamoró de un soldado raso que había venido a trabajar a la ciudad. El soldado también se enamoró de ella. Pero la familia de la muchacha prohibió el noviazgo y sin hablar más del asunto ya no la dejaron salir de casa. Los dos se mandaban cartas por medio de una empleada de la casa de ella. Durante dos meses las cosas siguieron así hasta que una noche de luna llena, bonita, bañada de luz plateada (esto es de mi cosecha), en plena madrugada, la familia de la joven y la ciudad entera se despertaron con unos disparos certeros de revólver calibre 38: uno en el oído derecho de ella y otro en el oído izquierdo de él. El doble suicidio estremeció tanto a todos, que todavía hoy se entristecen al recordar el caso. Una historia trágica, ¿no? Pero bonita... Un gran amor como ése hasta a mí me gustaría vivirlo... Sin morir, claro. Bien... hay algunas historias graciosas acerca de las fotografías de doña Regina. Historias tristes, extrañas... Cualquier día cuento otras.

Besos románticos,

Bi

Abril 20

La vida anda demasiado desanimada. No ha sucedido nada interesante.

Prometí un día de éstos que hablaría de mí. Bueno, ahí te va mi ficha, con todo y foto.

nombre: Fabiana Costa García

apodo: Biloca

edad: trece años

nacimiento: junio 29 de 1975

lugar de nacimiento: maternidad de Nueva Esperanza

primera cuna: cama de mi abuelita

color de ojos: cambia de acuerdo al sentimiento: verde de la

esperanza, rojo de rabia, azul de felicidad, amarillo de
tristeza

altura: 1 metro con cincuenta centímetros

peso: 45 kilos de mucha hambre y ganas de comer cosas ricas

padres: doña Regina y señor Alceu

lo que menos me gusta: cuando alguien esculca mis cosas sin
mi permiso

lo que más me gusta: comer (¡hummm..chocolate!...)

cosas que no me gustan: la gente aburrida, la gente
mentirosa, la gente fea, la gente entrometida, los delatores,
la gente con mala suerte, la gente chismosa

cosas que más me gustan: comer, dormir, nadar, comer, leer,
recibir cartas y tarjetas, pasear, el cariño de mi papá.

un sueño: convertirme en adulto

un coraje: cuando la gente grande manda y me manda

un amor: dos letras: Ro

un secreto: el amor con dos letras

un miedo: a la gente desconocida, a quedarme sola

Echa todo esto en una licuadora, o mejor dicho en una computadora y tendrás una chica ni fea ni bonita, a la que le gusta comer y conversar con las amigas, que adora a sus papás, que tiene dudas, miedos y secretos como todo el mundo y que te manda un beso enorme,

Bi

Abril 21

Frase para pensar: ¿qué vale más, un héroe muerto o un cobarde vivo? ¡Pobres héroes de Independencia ¿Habrá valido la pena? Hay aumentos todos los días. Vea por lo que usted luchó, José Joaquín. ¿Valió la pena?

Abril 23

Hoy estoy muy ahorrativa. Quiero decir, lo que más se oye en mi casa es esto: apaga la luz, no dejes la luz prendida, cuidado con el agua del baño, no eches a perder la ropa, no desperdicies las hojas de tu cuaderno sin necesidad...

Pero como estoy siendo atacada por el espíritu del ahorro, voy a hacer mis anotaciones de manera económica:

Doña Regina le dio una tunda a Pauliño por haber dicho una grosería.

No tengo nada en contra, si quiere hablar que hable. Es una palabra como las otras. Si lo piensas bien, la palabra "corrupto" es más fuerte que cualquier otra grosería.

Me saqué nueve en Matemáticas. Dri se sacó 10, se burló un poco y me dijo que yo no estudio nadita. ¿Cómo se puede aguantar una cosa de éstas?

Ricardo dijo que quiere platicar conmigo acerca de un asunto particular. Sólo puede tratarse del recado que estaba escrito en el pizarrón. Ya se me había olvidado...

Hoy no vi a Ro. No vino a clases y Marilia tampoco. Será que... no quiero ni pensar.

Besos locos,

Bi

Querida Juliana:

No cumplí la promesa. Pero, por favor, no hagas ningún juicio apresurado. No me faltó valor para declararme, no. No tuve oportunidad. Además de eso (y esto además tuvo mucho que ver), luego que había decidido sincerarme, él empezó algo con Silvana de la otra clase. Me enteré por otra amiga con quien ellos se juntan a la hora del recreo (por eso Ro desapareció del recreo, no lo veo ni lo encuentro por ningún lado) y hasta salieron juntos el fin de semana. El otro día faltó al examen. Supe que ella también había faltado el mismo día. ¿Coincidencia? No. Tuve valor y le pregunté. Me esperaba una respuesta como: "y... a ti que te importa?" o bien "otra que se va a dedicar a cuidar mi vida", pero él apenas si contestó que había tenido un problema en casa y tuvo que faltar. Le creí. Además, creerle o no, no resolvería nada. Por eso preferí creerle. Mintió (o no dijo toda la verdad) respecto a Silvana. Y todavía me dijo una payasada: "y aquí está otra niña que se me lanza". ¡Bien merecido para nosotras las mujeres! Creo que él merecía una bofetada por haber dicho eso. Después de lo sucedido, desistí de mis intentos de hablar con él acerca de lo nuestro. Pienso que no se lo merece. Si quiere, que me hable él. Y yo voy a pensar en la respuesta. Puedo controlar muy bien mis sentimientos. Y él que deje de mirarme todo el tiempo.

Fabiana, 27/04

Abril 30

Mañana no hay clases, es un día festivo y vamos a ir a la cafetería en la tarde. La cafetería tiene toda una pared bien encalada para que los clientes puedan pintarrajear a gusto. Cada semana pintan de blanco la pared y todo el que guste le echa esprai y a darle (en el tubo de pintura está escrito "spray". Yo prefiero escribirlo como suena). Hay unos tipos que deben ser clientes asiduos de la cafetería, pues siempre está su autógrafo en la pared. Y hasta JUNECA y PEISSOÑA ya pasaron por allí y dejaron su famoso grito de guerra: "JUNECA Y PESSOIÑA 80 Y 8".

Le pregunté a mi papá sobre la sexualidad. Él me explicó y después dijo que era la tercera vez que le preguntaba, también me dijo que eso viene en el libro ¿Qué es lo que me sucede? Ya leí el libro, pero no me acuerdo haber preguntado más de una vez. En fin... Él no lo sabe, pero me encanta oír ese tipo de explicaciones de boca de mi pa.

Mayo 3

Fuimos a la cafetería. Mi refrigerio favorito es aquel que parece sujeto compuesto; esto es, tiene más de un núcleo y puede tener varios adjuntos. Comí un sandwich delicioso con carne molida, pedazos de omelette, queso amarillo, lechuga, pedazos de tocino, mayonesa y condimentos de la casa. Para pasármelo todo tuve que beber dos refrescos. En este caso no fue por gula, sino por pura necesidad. Además de comer, reímos bastante, hablamos de muchas bobadas. Ricardo me volvió a decir que quiere conversar conmigo acerca de un asunto particular. Le contesté otra vez que los amigos no tienen asuntos particulares y que él podía platicar conmigo en cualquier momento, sin tener que quedar en un día, mes, hora o lugar. No sé por qué, pero parece que no le gustó mucho mi respuesta. A ver si paso esto en limpio. Me traje una servilleta de la cafetería, firmada por los amigos que estaban allá. La voy a guardar aquí.

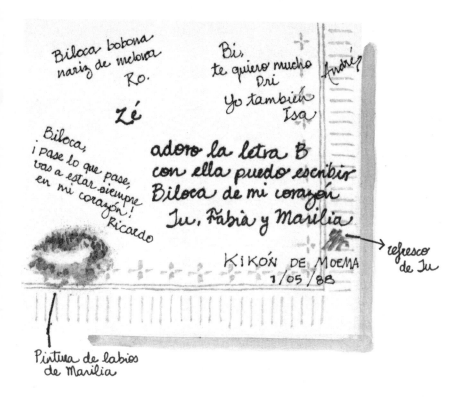

Antes de terminar, me acordé de una frase pintada en la pared de la cafetería: "Paula Julieta, échame tus trenzas, Zé Romeo".

Estoy haciendo votos para que a Zé y a Paula les vaya bien. ¿Hay algo más bonito que el amor? Es lo más bonito y lo más triste también.

El otro día leí una pinta (estoy medio obsesionada con eso de las pintas. Estoy seleccionando un montón de ellas para enseñártelas). Voy a comenzar otra vez la frase: el otro día leí una pinta que decía: "¿Existe algún dolor mayor que el dolor del amor?" Creo que no.

Besos golosos, embarrados de comida y pintura,

Bi

Querida Juliana:

¿Cómo estás? ¿Cómo va todo? ¿A pedir de boca?

A veces tengo la impresión de que las personas que inventan los proverbios y los dichos populares tienen una inteligencia superior. "Nada como un día después del otro". Un día de éstos, Ro llegó silencioso, nada parecido al chico entrometido y sabihondo, y después de media hora de cotorreo y rollos, me tomó de la mano, me miró a los ojos y dijo que le gustaría andar conmigo. Me dieron unas ganas de saltarle al cuello, de besarlo sabrosamente y responderle sí, sí, sí. Su mano sujetaba la mía, me brotaron un gusto muy grande y un sentimiento alocado que no me dejaban pensar. No hagas juicios apresurados, Juliana. ¿Sabes lo que hice y lo que dije? Quité mi mano de debajo de la suya, la pasé delicadamente por su rostro y le contesté "todavía soy muy niña, Ro". ¿Qué tal, cómo ves? ¿te gustó ésa? ¿Quieres saber qué cara puso? La verdad es que me quedé tan sorprendida con mi valentía que ni me fijé muy bien en su cara. Pero debe haberse quedado como loco, porque salió bufando y diciendo cosas como "entonces, ¿por qué te me quedas viendo todo el tiempo?, te la pasas picándome, como si supieras lo que quieres...". Después que se alejó, caí en la cuenta. ¿Sería eso lo que yo quería? ¿Habré reaccionado de la mejor manera, dándomelas de dura, haciéndome la fuerte? ¿Tú que piensas?

Estoy con esta duda cruel. Yo tenía el amor de Ro en mis manos y lo lancé al aire. Creo que hice una enorme estupidez. No sé lo que vaya a pasar... Bueno, el futuro pertenece a Dios...

Fabiana, 4/05

Mayo 5

Busqué el libro y lo leí. Me acordé que ya lo había leído y había escuchado la explicación. Mi papá tenía razón, cuando me contestó algunas preguntas sobre el sexo.

Es una cosa normal a mi edad, interesarme por saber más ¿o no?

Si es normal, entonces ¿por qué las personas no hablan de eso en la sala cuando hacen una visita?

¡¡¡Ah, porque es parte de lo que se puede hablar con las amigas en los baños de la escuela, en sus cuartos, hablando bajito, sin los adultos cerca!!!

→ este dragón es la ℝ de mi amigo Kikón

Besos

Bi

Mayo 7

Se me había olvidado. Se me armó una bronca por lo del sandwich y los refrescos. Mi papá se la vive diciendo que eso es una soberana porquería, que son alimentos repletos de químicos. Estoy de acuerdo con él, pero no tiene chiste ir a la cafetería y pedir un jugo de naranjas frescas y un omelette de huevos de la granja. ¿O sí? Tengo unos kilitos de más.

Besos,

Bi

Mayo 8

(Mes de las novias y de las mamás)

Este mes, además de tener el día de las novias, tiene el día de las madres. Que haya corazón. Pues sí, el otro día pesqué a mi pa y a mi ma discutiendo por esa onda del día de la madre. Mi papá decía, rezongón y nervioso, que todo era maniobra de los comerciantes y que, si iba a comprar alguna cosa, compraría algo que se necesitara en la casa. Mi mamá estaba de acuerdo con él, pero decía que si se comprara algún regalo por el día de las madres, le gustaría un presente para ella porque algo para la casa no es un obsequio. Al final de cuentas resolvieron que no habría regalo. Pero en otro final de cuentas mi papá accedió, se le ablandó el corazón y también el bolsillo y le compró una bonita blusa: el regalo del día de las madres. Problema resuelto, para ellos y para mí. Si alguien me llega a hacer esa pregunta superimbécil: "¿qué le diste a tu mamá?", ya tengo la respuesta. ¡Uf!, me salvó la campana. De la bronca del día de las madres.

Besos,

Bi

Mayo 10

Decidí hacer limpieza general en mi cuarto. ¡Una delicia! Encontré tanta cochinada que me divertí de lo lindo. Ni te imaginas. Comencé por las muñecas. Estaban todas desarregladas y empaquetadas en cajas en un rincón del armario y en un pequeño estante. ¡Me gustaban tanto! (¿qué, ya no me gustan más?) Me acuerdo cuántas veces escribí cartitas para mi abuela pidiéndole muñecas, ropa y muebles para la casa de muñecas. Mi mamá quería regalarlas pero yo no la dejé, imagínate, pobrecitas, lejos de mí. No sé por qué no quise regalarlas si ni siquiera juego con ellas. Te juro que no lo sé. Las traté con cuidado, las limpié, las puse en los lugares importantes de mi cuarto. Después de las muñecas les tocó a los cuadernos usados, a los libros, a la libretita. Lo único que no guardo es mi ropa usada. Lo que se conserva completo cuando ya me queda chico es para mi prima la más pequeña. Es un horror, parece ropa de sobreviviente de guerra. Pero, claro, con el precio de la ropa nueva: ¡una camiseta cuesta medio salario mínimo! Bueno… Regresando a lo de mi libretita, encontré allí cosas muy interesantes (ahora, si uno lo piensa bien, hasta parecen graciosas) de hace dos años. En lugar de hablar de ellas yo creo que es mejor dejar aquí esos pequeños tesoros. Pues ahí te van.

PRIMER TESORO ENCONTRADO EN EL CUADERNO DE
NOTAS DE UNA NIÑA DE QUINTO AÑO:
SÓLO TELÉFONOS DE PERSONAS LATOSAS

Karina (se la pasa molestándome en clase
pidiéndome cosas) 746 88 87
Marina (se la pasa sorbiendo la nariz
como tic nervioso) 514 22 54
Marcia (habla muy lento) 462 45 73
Marilia (muy encimosa) 746 29 51
Sergio (parece bobo) teléfono de recados 547 92 21
Roberto (nunca me hizo nada, pero
es un latoso) 646 31 89

De todos los latosos de la lista de arriba la única que todavía es mi amiga es Marilia. Está más encimosa que nunca y superenamoradiza. Los otros se cambiaron de escuela o de clase y les perdí la pista, por eso no sé si dejaron de ser latosos y aburridos.

SEGUNDO TESORO ENCONTRADO EN EL CUADERNO DE ANOTACIONES DE UNA NIÑA DE QUINTO AÑO: UN RECADITO DE SIDINEY

> Fabiana
>
> Le gustas a Ricardo, está muy enamorado de ti y quiere hablar contigo
>
> tu amigo
> Sidiney

El recado estaba doblado en medio de la libreta, con errores de ortografía y todo. Me acuerdo que casi le mandé una bofetada a Sidiney. ¡Imagínate, hablar de amor a una niña de once años que se la vivía peleándose con los (y que además me encantaba hacerlo) chicos de la clase!

TERCER TESORO ENCONTRADO EN EL CUADERNO
DE NOTAS DE UNA NIÑA DE QUINTO AÑO:
UNA TARJETA DE FELIZ CUMPLEAÑOS

Ya nunca más volví a ver a
Liza. ¡Era tanta buena onda! Se
cambió de escuela el año pasado.
Creo que no fue a mi fiesta
porque era diabética y tenía que
hacer dieta, y no comer dulces
ni beber refrescos.

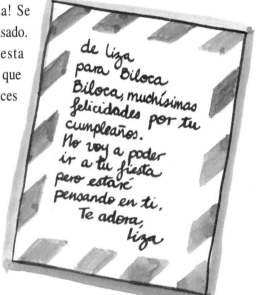

de Liza
para Biloca
Biloca, muchísimas
felicidades por tu
cumpleaños.
No voy a poder
ir a tu fiesta
pero estaré
pensando en ti,
Te adora,
Liza

Encontré otros tesoros pero de menor im-
portancia. Hasta una poesía muy loca, hecha por mi pa, que no es poeta ni
entiende nada de poesía (él de lo que sabe es de cerveza, futbol y arreglar las
cosas de la casa) que no me atrevo a reproducir aquí toda completa, nada más
un pedacito.

BÍLOCA

NO TE HAGAS
LA LOCA

NI CUENTES
BO BOCAS

Es tan lindo remover en el pasado cuando el pasado fue bueno. Lo duro es pensar en el futuro con un presente tan difícil.

Besos de pasado,

Bi

Mayo 12

Pues sí, ¡qué chiquito es el mundo y lleno de coincidencias! El otro día encontré un recadito de Sidiney que decía que Ricardo estaba "enamorado" de mí. Ricardo me dijo una millonada de veces que tenía un asunto particular que hablar conmigo. Bueno, yo, muy ingenua, no relacioné una cosa con otra. ¿Cómo iba a pensar algo así de Ricardo, si era mi mejor amigo? Pues sí... Pero sucedió. Hoy en la mañana, a la salida de la escuela, como siempre, platicamos un poco y después cada uno tomó un rumbo diferente camino a sus respectivas casas. Cuando había caminado media cuadra, oí a alguien gritar "Fabiana". Aun cuando no estoy acostumbrada a que me llamen así, me volteé y me topé con Ricardo. Voy a intentar reproducir más o menos nuestra conversación; bueno, la conversación que él tuvo conmigo. Si no resulta, perdóname, pues no tenía la grabadora conectada en aquel momento.

Ahí te va:

—Yo quería platicar contigo…

—Platicar, ey… hemos estado conversando hasta hace poco.

—Es que de lo que yo quería hablar no se puede hablar en frente de todo el mundo.

—Ey… ¿por qué?

—Bueno… es cosa mía, nuestra.

—¿Qué es cosa nuestra?

—Es que… no debes haberte dado cuenta aún…

—Si no hablas, no podré saber si ya me di cuenta o no.

—Es que yo… a mí me gustas.

—A mí también me gustas mucho, Ricardo. Isa y tú son mis amigos preferidos.

—No se trata de eso, Fabiana…

—¿Entonces de qué?

—La manera en la que tú me gustas.

—…

—…

—¿De qué manera es?

—De otra manera. De la forma como a un muchacho le gusta una chica. De hombre a mujer.

(Hasta ese momento no tenía pistas acerca de lo que quería decir, pero no resistí. No fue una conversación muy fácil. Desde el principio comprendí que era algo especial y, a decir verdad, sería necesario transcribir esta conversación con una cantidad enorme de reticencias y exclamaciones. Aparte de eso, como en los textos que leemos en los libros de Lectura, me quedé con un montón de adjetivos atorados como: sorprendida, admirada, nerviosa, suspicaz, reticente, atarantada, emocionada… Pero basta de rollos escritos y a ver el final del rollo hablado.)

—Explícate mejor, Ricardo

—Creo que estoy enamorado de ti. ¡Es eso!

—¿Tú crees?

—No creo… estoy seguro.

—¿Pero… y nuestra amistad?

—No sé. Me gustaría mucho que fueras mi novia.

(Y ahora, tú en mi lugar, ¿qué responderías? Tu mejor amigo, el que te cae muy bien como amigo, te echa un balde de agua fría como éste. Tú no lo quieres como novio sino como amigo; el amigo quiere a la novia que no quiere perder al amigo. La única respuesta que pude dar —y que valió— fue ésta:)

—Mi papá no me deja, Ricardo. No tiene caso siquiera empezar a hablarle acerca de noviazgos. Su opinión es una y sólo una. Antes de los quince años ni pensar...

FIN DEL ROMANCE

QUE NI COMENZÓ

Besos de ligue,

Bi

Mayo 15

Disculpa la tardanza, pero después del trancazo que fue la conversación con Ricardo, me quedé atolondrada. Relacioné cosa con cosa, el recado de Sidiney en el quinto año, el recado en el pizarrón, la letra "R", y descubrí que de veras le gusto a Ricardo desde hace tiempo. No hablé más con él después de nuestra plática, o mejor dicho, de su plática conmigo. Me topé con él en el patio de la escuela varias veces y solamente nos saludamos. Un "qué onda muchachita" para allá y otro para acá. No sé en qué va terminar esto, pero ojalá que no acabe su amistad conmigo. Sería una tristeza.

Dejemos eso un poco de lado. Tengo otra cosa interesante que contarte. Nosotras (las niñas y yo) compramos unas revistas en el puesto de periódicos. No me preguntes cómo conseguimos el dinero, pues eso no tiene la menor importancia. Las compramos y se acabó. Y las escondimos. Yo lo iba a hacer debajo del colchón pero me pareció un lugar muy obvio.

Todos los que tienen un secreto guardado en casa, alguna cosa que quieren mantener escondida, la guardan debajo del colchón. Entonces eché mi revista en una bolsita de plástico de supermercado y la colgué de un gancho, entre la ropa de mi armario. En la noche, cuando estaba todo en silencio, tomé la revista y la empecé a hojear. Debes tener muchísima curiosidad por saber qué clase de revista era. Pero por el momento no puedo hablar. Imagínalo, descúbrelo si puedes. ¿Qué tipo de revista será la que una niña de "buena familia" se muere de ganas por verla y sólo lo puede hacer a escondidas???

Besos escondidos,

Bi,

P.D.: El señor del puesto no la quería vender y dijo que las revistas solamente podían ser vendidas a mayores de dieciocho años. Lu mintió y dijo que eran para su papá. El señor de los periódicos se la tragó (o hizo que se la había tragado) y nos las vendió. Como están las cosas, nadie quiere dejar de vender, y pasan por alto las prohibiciones.

Mayo 16

Hablando de dinero, ya no soporto oír las quejas de mi papá sobre la situación económica. Debe estar durísima, pues las pizzas de los sábados ahora son de cada mes (me parece que muy cerca de la fecha en que papá recibe su salario). Lo que más oigo decir es "ser pobre es una tragedia". Sé que es difícil ser pobre, pero creo que en Brasil hay mucha gente más pobre que nosotros. Por eso decidí que nosotros no somos pobres, somos casi pobres. El otro día le pregunté a mi pa que qué significan todas esas siglas que vemos y oímos por allí. Él me explicó todas, y dijo que lo hacía de la manera como las entendía, lo que no siempre quería decir que estuviera todo exactamente correcto. Pero también, son tantas que, ¿dónde hay una cabeza para acordarse de todo eso?: BTN, UDR, URP, UPC, OTN, OVER, OPEN, BNH, INPS, SFH. Cuando terminó de explicarme, a mí ya se me habían mezclado todas en la cabeza y decidí mejor dejar todo como antes.

El vecino de junto se sacó la lotería. Saltó y saltó, y echó cohetes y festejó con carne asada. Después hicieron cuentas y el monto del premio no alcanzó ni para pagar los fuegos artificiales. Pobrecito, y, por si fuera poco hizo el papel de tonto, y todo el mundo se reía de él. Esto hasta me hace recordar una pinta (aquí estoy yo otra vez con esta historia de las pintas) que el otro día vi en uno de los muchos muros pintados: "la ilusión viaja en tranvía, ¡vivan las ilusiones!"

Bueno, ya, ¿¡no!?

Besos,

Bi

Mayo 17

Una bronca del tamaño del mundo. Primero con mi madre. Después con mi padre. "¿¡Cuándo se había visto en esta casa una revista pornográfica!? ¡Y además, leyéndola a escondidas! ¿Y los libros que te compré? ¿Y las respuestas que te damos a todas tus preguntas? ¿Alguna vez te prohibimos hacer preguntas acerca del sexo? ¡Nunca! ¡Y traes esas porquerías a casa! Parecen cosas de niñita tonta". Y allá fue a dar la revista. Primero mi mamá, después mi papá. ¿De quién es la culpa? Mía, claro, pues dejé la revista encima de la cómoda y mi hermano la tomó, la vio y le hizo la mayor propaganda. Esto es lo que pasa por no tener cerradura con llave en la puerta del cuarto. Me parece muy bonita esa idea de mi papá de que en casa no haya lugares especiales ni individuales, y que todo el mundo pueda entrar y salir de cualquier lugar a cualquier hora. En la práctica, detesto la idea. Nunca puedo hacer mis cosas, sólo mías, sólo conmigo misma. Aproveché y reventé con esta verdad. Quiero un cuarto con llave. Y dije que en los próximos quince días moriría de odio hacia el señor Alceu y diez días hacia doña Regina. De castigo ya no me darán la bicicleta nueva que me prometieron para mi cumpleaños. No sé qué va a pasar. Hasta ahora, la única cosa que realmente me sucedió fue que me descubrieran la revista. Las niñas me van a matar.

Besos irritados,

Bi

Mayo 18

Les conté lo sucedido, pero no recibí ninguna palabra de apoyo. El mayor desprecio. La única frase que escuché fue "Bien merecido, no sabes guardar bien tus cosas". Qué mala onda. Las amigas ya no son las de antes. Pero creo que ellas también tienen razón. No hicieron mucho caso pues el asunto que más importó fue el del ligue nuevo de Dri. Tuvo una cita con un tipo que hace unos días conoció. Dice que él estudia en otra escuela, en secundaria, y que es un "muchachón"…

Besito, miau, miau

Mayo 19

Ayer en la noche, pero bien noche, Dri me habló por teléfono muy preocupada

diciendo que necesitaba una amiga para que la acompañase a una cita con un "muchachón". Sucedió que el "chico" tiene un amigo y el amigo lo acompañará, por eso pensó en mí. (Ella ni se imagina quién está en mi corazón.) Mientras tanto nadie sabe, pues pienso que es demasiado prematuro para que todos se enteren de mi mayor secreto. Ni siquiera Isa sabe, y de seguro ella va a ser la primera en saber cuando yo me decida a contarlo. Yo le dije a Dri que iría si fuera en la tarde, y eso sólo que fuera un lugar lleno de gente. Ni pensar en traicionar a Ro.

Mayo 22

Nada de cerradura en mi cuarto. Mi papá es así. Para sacarle algo se necesita mucha paciencia. Pero, pensándolo bien, ni sé si quiero una cerradura. Hoy en la mañana Pauliño vino a mi cuarto, saltó a mi cama y se acurrucó conmigo debajo del cobertor. Fue tan lindo. Si la puerta hubiera estado con llave eso no hubiera sucedido.

Acabo de llegar de la cita con el amigo del "chico" de Dri y ellos dos. Una aburrición total. No tuvo ninguna gracia. Un tipo súper-sin-gracia, de casi dos metros de altura, llamado Sergio. Con ese nombre se presentó, pero el "chico" de Dri al tal Sergio le decía Tabla. Lo que más me gustó fue su apodo. Nunca vi un tipo que se pareciera tanto a su apodo como él. Flaco como una tabla, fino y largo, igual que una tabla, sin gracia, sin sal ni azúcar, igual que una tabla. Atrevido como una tabla. A la hora de despedirse me quiso tomar de

la mano y besarme en la mejilla. ¿Tú crees que después de tanto fastidio yo podía ofrecer mi mejilla para que la besara una tabla? Ni muerta. Dri siguió mi ejemplo.

Mañana vamos a la casa de un amigo de mi papá. No encontré modo de escaparme de este rollo. Carne asada (que me fascina), cerveza y piquete, jitomate, pepino y plática de futbol y política que me hartan. Pasado mañana habrá un debate acerca del libro que leí.

Besos sabor a tabla,

Bi

Querida Juliana:

Debes estar pensando que desaparecí o que dejé de ser tu amiga, ¡después de tanta tardanza! Pero nada de eso. Solamente dejé pasar el tiempo, disfrutando su reacción a la respuesta que le di. Ro, después del no, no me hace ni caso. Me ignora abiertamente como si yo no existiera. Como esta actitud es tan forzada creo que él se sigue dando cuenta (y mucha) de que existo. Y a propósito, tengo que contarte dos cosas sobre él. No sé si esto cambie algo, pero vale la pena saber. La primera historia oí decirla a las niñas, medio por accidente. Según ellas, Ro hizo una apuesta con sus amigos y dijo que terminar el semestre él tendría una nueva novia. Ni siquiera quise saber de cuánto era la apuesta. Para tanta bobería pienso que el premio debería ser calabazas rellenas. La otra historia la conoce todo mundo, todos en la escuela se enteraron: de la Dirección le llegó una llamada de atención pues lo descubrieron abrazando a una muchacha de segundo.

El chisme corrió tan rápido que hasta llamaron a sus papás para hablar sobre el comportamiento de los hijos, y tuvieron que firmar un papel donde estaban escritas cosas como "actitudes de abuso", "falta de decoro y descompostura moral" y otras frases que sólo el personal de la escuela conoce. Pasé junto a él el otro día y le hice una pequeña broma. Imagínate, para mi sorpresa, además de responderme irritadísimo, hizo un comentario poco elogioso de mi salida con Dri, su novio y el tal Tabla. ¿Celos? ¡Eso sí que no! Como puedes ver, Juliana, tardé un poco pero tenía muchas cosas que contar.

Fabiana, 24/05

Mayo 25

Se organizó un debate sobre el libro. Medio participé, y no fue por no haber leído o por no tener qué decir, sino por tener una opinión diferente. ¿Quieres saber? Te lo voy a decir, de la misma manera que traté de explicarlo en la escuela. Todo el mundo sabe que en este año se conmemora el centenario de la abolición de la esclavitud, 1888-1988. Y resulta que todos decidieron que este año, y en todas las escuelas, los alumnos tienen que leer un libro donde los personajes principales sean negros. A mí no me gusta el tipo de conmemoración y homenaje al que se asigna una fecha.

Sabes lo que va a pasar: el año que viene nadie se va a acordar del centenario de la abolición y la situación de los negros va a seguir igual. De la misma manera que tantos escándalos y corruptelas de políticos, anunciados en la TV y los periódicos, ya toditos están muy olvidados. Traté de explicarlo pero creo que no entendieron. Pienso que ni Gloria entendió, entonces preferí callarme y escuchar. ¿Tú crees que no haya prejuicios en este país?

Mayo 26

Mi mamá me regaló una falda y una blusa. Hoy es el último día de odio hacia ella, por eso ni ruido hice. Voy a abrir el paquete mañana. ¡Claro!, si me da tiempo.

Hoy platiqué con Ricardo. Después de aquel día hasta hoy platicamos. Ni a cual irle de desangelados, parecíamos dos conejos, como los de las ferias, que les hablas para que entren en la casilla premiada. Tengo la impresión de que nos fuimos por las ramas. Mientras tanto queda así... Mañana será otro día.

Me regalaron el disco de Legión Urbana, ése que tiene la canción de Faroeste Caboclo. Es chocrible, mezcla de chocante con increíble. Me fascinó.

Recibí otra carta de Alex. Prometí enseñarte la primera carta y lo olvidé. Esta vez no lo olvido y allí va. Leela y olvídala. Sólo calabacitas.

Nueva Esperanza, mayo 15
Biloca:
Todavía no has respondido a
mi primera carta, ¿Por qué?
Yo sé que la recibiste pues tu
prima me lo dijo.
Te estamos esperando para
las vacaciones de julio, vienes,
¿verdad? La pasaremos jugando
e iremos a la cafetería.
¿Te acuerdas de Susana la prima
de Rogelio? Se fue de aquí y
jamás volvimos a saber de ella.
¿Te acuerdas de Donizete? Está
enamorado de Patricia y andan
agarrados de las manos en la
placita de la iglesia.
Tengo exámenes la semana que
viene y no he estudiado nada.
Te mando saludos,
                    Alex

Mayo 27

Me sobró un poquito de tiempo y abrí el paquete que doña Regina me dio: una falda y una blusa, ya lo sabía desde antes. Lo volví a cerrar y se lo devolví. Mi mamá tiene muy buen gusto, pero de vez en cuando creo que piensa que está comprando ropa para la niña que ella fue. Esta vez no estuve muy de acuerdo y resultó en lo que resultó.

Y hablando de ropa, ayer los niños arrancaron la etiqueta de la chamarra de Ro y se quedaron jugando con ella, haciendo bromas. Al final de la clase echaron la etiqueta al suelo. Me esperé a que todos salieran y... ¿adivina lo que hice? Recogí la etiqueta. Está un poco sucia, como puedes ver, pero de cualquier manera es de Ro, y si es de él tiene valor para mí. Guardaremos juntos este otro secreto nuestro.

Besos etiquetados (¿existen?)

Mayo 30

Recibimos una circular de la escuela que avisa que ya vienen las Fiestas de Junio. No S-O-P-O-R-T-O las fiestas de junio, y menos en la escuela. Después hablo más, por ahora diviértete con la correspondencia... Para mí, ¡basta!

68

A los padres de familia o tutor(es):
Como es de su conocimiento, todos los años en nuestra escuela se celebran las Fiestas de Junio. También este año celebraremos una fiesta el 16 de Junio, a partir de las 16 horas.
Lo que se recaude en esta modesta fiesta se destinará a comprar vidrios y cortinas para las aulas; con lo que sobre se comprarán libros y material escolar.
Habrá puestos de ponche, de hot-dogs, de palomitas, de argollas, tiro al blanco, conejito, boca de payaso, pesca, paquetes sorpreza y para los adultos un divertido bingo. A las 17 horas tendrá lugar la coronación de la Reina de las Fiestas de Junio y en seguida la presentación de los bailables.
Pedimos la colaboración de padres y alumnos para vender votos, ayudar a supervisar los puestos y aportar regalos de todo tipo. Cada alumno podrá traer el día de la fiesta un platillo dulce o salado.

Agradecemos de antemano su atención,
mayo/junio 1988
La Comisión de la fiesta y la Dirección

¿Ya viste el error tan garrafal?
¡¡Después quieren que nosotros no tengamos faltas
de ortografía!!

Junio 1

Un día después de pasado mañana va a ser el cumpleaños de mi hermano. Parece que lo estoy viendo. La casa llena de nenecitos (antes de los trece años para mí todos son bebés) corriendo por aquí y por allá, subiendo y bajando las escaleras, peleándose y brincando, bebiendo y regando refresco. Yo, ¡ehmm! No saldré de mi cuarto. Puede que entre uno de esos pillos aquí y haga destrozos. Voy a quedarme leyendo el libro que Ro me prestó. Es de su hermana, lo leyó cuando estaba en primaria. El libro se llama *¡Sarue, Zambi!*, y cuenta la historia de dos jóvenes negros, su amor y su vida en la selva. Ya empecé a leerlo y me está gustando mucho.

Doña Regina me cambió la ropa que yo no quise. Dijo que una amiga de ella la estaba rematando y aprovechó para comprarla. Y yo qué tengo que ver con ese asunto: ¡por la liquidación estoy obligada a usar harapos?

Junio 2

Recibí otro recado misterioso como el del 22 de marzo.

Sin comentarios. Si descubro quién anda haciendo eso, metiendo su cuchara en mis secretos te juro que... ¿Pero cómo se pudo enterar?

FABIAna:

¿que vAS a hAcER con eSa riDicUla etiquetA? Olvídate DE Esto niña. Rodrigo estA Con otra,

uN AMigO

¡No puede, no sabe! Si acaso sospecha: de sospechas está lleno el mundo. Se lo voy a contar a Isa.

Besos de sospecha,

Bi

Junio 4

Fiesta de cumpleaños de mi hermano. Me quedé en mi puesto de alerta. Ningún enemigo a la vista. Por casualidad, me regalaron una camiseta de una de las amigas de mi mamá. Me gustó. El bullicio estuvo divertidísimo.

Junio 6

Hice una pequeña lista de las preguntas y frases tontas que escucho por ahí. Si no te importa oír tonterías ajenas, ahí te van:

de Dri: ¿Biloca, me quieres?

de mi mamá: ¿quién regó tanto arroz en el piso de la cocina?

del Presidente: todo sea por la sociedad

del profesor de Matemáticas: ¿entendieron?

de Isa: ¡me gustan tanto las fiestas de junio!

de Paulón: ¡ey, Biloca, estamos en el mismo barco!

Besos

10 de junio

Me peleé con las niñas por culpa de Marilia. Chismes. Y después resultó que todo era mentira. Ahora ya no tiene caso. Dri mandó una cartita, hasta con un pétalo de rosa seco. Me pidió disculpas. Se equivocó. Fabia telefoneó cuatro veces. En dos ocasiones yo no contesté, pero después hablé con ella. Mil disculpas. Necesita pensar antes de acusar a otros, a los amigos. Lu también. Primero les ocurre algo y después se ponen todas melosas y arrepentidas. Ahora ya ni modo, me ofendieron. A causa del mal (¿o será malo?) carácter de Marilia. Chismeó y mintió. No lo perdono. ¿Acerca de qué? Ella inventó que yo estaba muy interesada en el "chico" de Dri y que hasta le había hablado por teléfono. Que le iba a dar el soponcio a Dri. Ella se lo contó a Lu, quien se lo contó a Fabia, quien se lo dijo a Dri. Dri se me echó encima como una loca. Y yo fui como loca sobre Marilia. Hablé hasta con su mamá, quien al parecer no le hace nada de caso a la hija (ni siquiera sabía bien en qué salón estaba Marilia). Ellas me conocen desde hace más o menos cuatro años y saben muy bien que yo no haría una cosa de ésas. No sé hasta cuando voy a aguantar, pero estoy muy sentida con ellas.

Besos sentidos,

Bi

Junio 12

(Día de los novios. Para quien tiene. Para quien no tiene es un día como cualquier otro. Para mí es un día como los otros.)

Qué lata. Tenemos fecha para tres exámenes y las aportaciones para la Fiesta de Junio están muy altas. No sé cómo se les ocurre. Los adultos son un poco incoherentes. Primero, quieren una escuela organizada y disciplinada, y después, con el pretexto de una fiesta, se les ocurren mil cosas y se arma el mayor relajo. Amigos, la escuela se vuelve un pandemonium en los últimos días antes de la Fiesta de Junio. Sólo se habla de votos, dinero, regalos, dinero, puestos, dinero. La escuela parece un gran supermercado, vendiendo y ofreciendo de todo, menos educación. Que se vayan a volar las clases, los exámenes y las calificaciones. Después la culpa es nuestra. Y lo que es peor, algunos profesores, no sé por órdenes de quién, dan "puntos extras" a quien haga esto o aquello, a quien lleve "esto o aquello". ¡Prefiero comer sopa de fideo!

Junio 13

¡Qué mala onda! Increíble. Paulón se ganó el trofeo de Campeón de Respuestas

Burras creado por el profesor de Ciencias. En la prueba él respondió "Jesucristo" a la pregunta en que se pedía dar un ejemplo de un ente unicelular. ¿Será posible?

Tengo exámenes la próxima semana; después sólo hay que preparar la maleta y el espíritu para las vacaciones. Menos mal que tengo la casa de mi abue para pasar las vacaciones.

Junio 14

Creo que voy a ir a la Fiesta de Junio de la escuela. No tiene chiste. Todo el grupo va a ir, no voy a quedarme sola como hongo.

Antes de viajar, de seguro, voy a presentar mi selección de pintas. ¡Hay cada pinta!

Junio 22

Terminé los exámenes. Creo que no dejé problemas sin resolver. Fui a la Fiesta de Junio. En una bolsa venía una tontería escrita que pongo aquí abajo.

Biloca, fui a sacarme una radiografía. Imagínate que confusión, tu nombre estaba grabado dentro de mi corazón.

Ro.

Antes de que su corazón comience a latir como loco, ya voy entendiendo. Esa letra no es de él ni aquí ni en China. Y hay algo más: esa letra no me es desconocida. Me resulta familiar. Tengo el nombre de quien lo escribió en la punta de la lengua. Lo descubriré luego...

Querida Juliana:
Nada cambió. O sí cambió, más bien empeoró, y cada vez más siento un distanciamiento entre nosotros. A decir verdad, él continúa en esa onda de quererme ignorar a pesar de seguir echándome ojos, a veces haciéndose el desentendido, otras veces de manera abierta. Aparte de eso y uno que otro rollo, el único acercamiento entre nosotros fue el día de los novios. Me preguntó, medio cínico, medio con curiosidad, que qué me había regalado mi novio. No me hice la mártir y le regresé la respuesta que él quería: "Una trenza de ajos". Sorprendido con el extraño regalo, me preguntó "¿Ajos? ¿Ajos?, ¿por qué?", a lo que yo le respondí "Para apartar a los vampiros que me andan merodeando". Por eso y por todo lo demás nos hemos distanciado. Anda secreteándose con Isa. Creo que es a propósito, solamente para hacerme rabiar. Él piensa que ella y yo somos muy amigas. Cuchichean y susurran todo el rato. A veces llegan a ser insoportables. No tengo valor de decirle eso a Isa pues ella ni sabe de mi ligue con él. A lo más puede sospechar, pero saber, no sabe. El otro día, en la Fiesta de Junio de la escuela, los dos anduvieron juntos la mayor parte del tiempo. No soporté la melcocha y acabé yéndome más temprano.
Odio la Fiesta de Junio. Creo que si la relación entre ellos se hace más

fuerte voy a tener que quitarme a Ro de la cabeza (y, principalmente, del corazón). Las vacaciones se acercan... Un nuevo amor seguramente me ayudará a olvidar al antiguo amor (que ni es tan antiguo). De la misma manera que entró en mi vida así va a salir. Despacio, muy despacito. Viajaremos a comienzos de julio. Luego luego que regrese, te escribiré.

Fabiana, 23/06

Junio 25

Empezamos a hacer planes para las vacaciones. Para ser sinceros, los planes se resumen a cuándo nos vamos, qué llevaremos y cuándo regresaremos, porque el lugar casi siempre es el mismo: la casa de mi abue Gal, en Nueva Esperanza. Una "delicia", como dice mi hermano, latoso y llorón.

Junio 26

Ya no voy a ir a la escuela. Saldremos de viaje hasta el 7 de julio. De cualquier manera ya no voy a ir. Ayer hubo una gran confusión. En la clase de El Bigotito (no sé si ya hablé aquí de esto, pero es el apodo del profesor de Ciencias), entre chiste y chiste, él se pasó la mano por el bigote (disculparás mi ignorancia léxica. Según Gloria es peinar el bigote y no "pasar la mano". La gente fina es de otro mundo) sesenta y ocho veces en menos de cuarenta minutos. Prefiero quedarme en mi casa en estos últimos días de clases.

P.S. Mañana, sin falta, te enseño algunas de mis pintas preferidas (¡mías, no!, de los grafómanos).

Junio 30

Nada que merezca escribirse. Vamos a viajar en la madrugada. Me fascina la oscuridad, la carretera, el frío. He aquí algunas de mis pintas favoritas:

de amor

Sandra, no tengo nada, no soy nada, pues todo lo que tenía lo cambié por la felicidad de tu amor ZÉ

(en un muro del edificio de la calle Pavón)

de bajo astral

EL SIDA ES CASTIGO! SÓLO JESÚS NOS SALVARÁ

(en el muro cerca de la Av. Luiz D. Vilares)

de amistad

CHICOS,
OJALÁ QUE NUESTRA
AMISTAD SEA SIEMPRE
PARA SIEMPRE

(en la pared de un terreno baldío en la Av. Sabiá)

de protesta

Los jóvenes necesitan ser escuchados

(en una pared de una academia de gimnasia en Nueva Esperanza)

de felicitaciones

Mónica, me pediste que
fuera discreto, entonces,
¡¡Felicidades!!
Toñito

de pintistas acerca de pintas

NO DEJARON NI UN ESPACIO PARA MI

(cerca de casa)

Iba a hacer una pinta pero no quise

(cerca de la escuela)

hacer Pintas es UN VICIO

(en el muro de la Av. 15 de octubre)

de algunos personajes

BÍLÓN

(por ahí, por montones)

ESTIERCOL

(por ahí, mezclado con otras boberías)

5 DP z/sur

(por ahí, de Norte a Sur)

Juneca y Pessoiña en poco tiempo estarán en la luna

(por ahí, creo que por el mundo. Son mis preferidos. Me encantaría que alguien pasara por aquí y escribiera en mi pared.)

Y hablando de JUNECA Y PESSOIÑA, mi mamá tiene una amiga, doña Cladir, que dio clases en 85 en Saboia y dijo que Juneca fue alumno suyo. No puedo creerlo. Además, JUNECA Y PESSOIÑA hoy son personajes del mundo, del dominio público, como dicen. Ellos no son de nadie, son de todos nosotros, desde el fondo del corazón.

Besos pintados de pintas

Bi

Julio 5
(julio es un mes volador. No pasa, vuela.)

Nos vamos mañana en la madrugada. Por un tiempo me libraré de mi mamá: "¡levántate, arregla la casa, ayúdame, no tienes sirvienta, mira qué tiradero, ni siquiera cuidas tu ropa!"

Todavía no sé si te llevaré. El sólo pensar que puedas ir a parar a manos de mi primo o de sus amigos me da terror. ¡Hay cada salvaje! A la hora de irnos decidiré.

Besos ansiosos,

Bi

P.S. Mi papá me prometió aumentar mi domingo en las vacaciones. Ojalá. Con cuestiones de dinero está acostumbrado a hacerme tonta, pero si me hace eso en casa de la abuela, su mamá, lo voy a acusar.

Chao

Por fin vacaciones

Vacaciones, dulces vacaciones

Así

Julio 7

Discúlpame por escribir con esta tonta pluma verde. Puse de cabeza la casa de la abuela y no encontré ninguna pluma azul...

Julio 24

Vacaciones, pan calientito, dormir y despertar más tarde, chanzas, risas, cotorreo, bromas, hartazgo, gritos, música, casets, discos, barajas, confusión, leche de vaca, comida casera, dulces, postres de primera, frutas, caminar, pasear, jardín, ir a la cafetería, descanso, calma, bicicleta, fiestas, luchas en la cama, en el piso, guerras de almohadazos, conversaciones al caer la tarde, la calma, nada qué hacer, hacer nada, almorzar, comer, cenar, la alberca, andar de vaga, cariños del abuelo y de la abuela, los domingos, la felicidad, la felicid...

Con tantas cosas y actividades, traté de encontrar un tiempito para ti pero no lo logré. Sólo te llevé a pasear, para que respiraras un poco de aire puro de Nueva Esperanza.

Llegamos hace dos días y apenas hoy caí en la cuenta de que las vacaciones terminaron: mi mamá dándome lata con que arreglara mi cuarto y mi papá diciéndome que mis mesadas me las daría en septiembre.

Lo que era dulce, se acabó. Quien comió se saboreó.

Besos otra vez

Julio 26

Las clases empiezan la próxima semana. Pensándolo bien, ya estoy harta de quedarme en casa sin hacer nada. La televisión es un fastidio sin límites. No es posible comprar todas las revistas, y las que hay aquí ya las leí de cabo a rabo.

Faltan dos días para mi cumpleaños. No escuché a nadie hablar de la bicicleta (la que me desprometieron cuando me pescaron con la revista). Yo tampoco dije nada. Sólo quiero ver qué pasa. Allá en Nueva Esperanza mi mamá dijo de pasadita que haría un pastel para mis amigas más queridas.

Y ya.

Querida Juliana:

No digas que soy una cobarde, amiga Juliana.

De verdad que traté de sacarme a Ro de la cabeza y del corazón. De veras que traté de hacerlo...pero no lo logré. Un día antes del viaje, Ro vino a mi casa con un montón de libros, diciendo que era para que leyera en vacaciones, para que tuviera con qué ocupar mis pensamientos. ¿Qué ironía, no? Me llevé los libros, pero si piensas que abrí alguno, estás muy equivocada. Adoro leer, pero sólo de ver y pensar en ellos me daba una rabia. Rabia de Ro y rabia de mí. Él tenía razón: mantuve mi pensamiento ocupado. Cuando regresé de las vacaciones, cogí los libros para devolvérselos tal como los recibí: cerrados. Pero no sé por qué me dieron ganas de hojear uno, uno de poesía, y he ahí que en medio de las páginas encontré un pedacito de papel suelto, con su letra y un mensaje

"F.
Me gustas mucho, niña boba.
Sólo tú no has entendido
cuánto me gustas.
¿Qué nunca te vas a dar cuenta?

                                        Ro"

Y entonces, Juliana, se fue todo por el caño.

Mi decisión de quitármelo del corazón y la rabia desaparecieron como por encanto. Me olvidé de la apuesta, me olvidé de los chismes de él con Isa. Me fui corriendo a devolverle los libros, sin siquiera leerlos. La lectura del recadito fue suficiente. Él no estaba en casa, no había regresado de la playa, donde estaba de vacaciones. ¡Ay, qué nostalgia deliciosa!

No veo la hora.

                                        Fabiana, 26/07

Julio 29

Acabo de despertar. Hoy voy a cambiar mi rutina contigo. Como es un día especial, especial para mí, voy a tomar nota de este día, hora por hora.

De las siete hasta...

7 horas

Desperté, despacio, me dio la onda de la pereza y llamé a mi mamá. Ella vino y me dio un abrazo apretado, apretado, tan bonito que yo no quería que se acabara nunca, de aquellos abrazos que nos gustaría recibir uno cada día, todo el día, durante toda la vida. Después del abrazo, sólo una frase, unita, tan pequeña pero tan llena de alborozo: "¡trece añitos!"

8 horas

Bebí un café y arreglé mi cuarto. Nadie me habló por teléfono.

9 horas

Vi un poco de tele con el tonto de mi hermano Pauliño. Tener un hermano es algo muy bueno.

10 horas

Nadie me ha hablado por teléfono.

Cómo se tarda la gente en acordarse de nosotros. Debería haber un decreto del presidente de la república para que obligue a todo mundo a ser gentil con los cumpleañeros.

11/12 horas

Ayudé a doña Regina a hacer la comida. Pero nada más le ayudé, porque iba a ser una comida especial para mí. *Kepe* y ensalada de lechuga orejona. Delicioso.

Mi papá comió con nosotros. Casi nunca come en casa, pero hoy vino y luego luego me dio un fuerte abrazo y un beso enorme. No tengo la culpa de que mi papá y mi mamá me quieran tanto. Qué suerte (hay mucha gente como yo, de mi edad, que tiene a su familia dividida o a medias. Marilia, por ejemplo, se muere de envidia de ver a mi familia).

Pues sí, a la hora de la comida los adultos de la casa discutieron entre sí y llegaron a la conclusión de que se podría hacer una fiesta el fin de semana, siempre y cuando no fuera con mucha gente, ya que después de las vacaciones el dinero anda un poco escaso. De nada sirvieron mis súplicas. El regalo vendría después. El problema del dinero en la casa es todo un circo. Cuando la cosa aprieta no hay pinzas que la aflojen.

De la bicicleta nadie habló. Esperaré hasta la navidad. No se me van a escapar.

14 horas

(Me salté el número trece. Da suerte saltarse el número 13 de las horas,

que es el número total de años que cumplo. ¿Qué quién me dijo esto? Nadie.
Lo acabo de inventar ahora.)

Dri me llamó desde Peruíbe. Sabía que ella no se olvidaría de mí.

15 horas

Estoy esperando al cartero.

Ya es hora de que pase.

Pero el cartero no pasó.

Los carteros están en huelga

(Desde hace casi un mes. No vale la pena esperar, que nada va a venir en
el correo. No debería haber huelgas en Correos. Y a los carteros deberían
pagarles mejor que a nadie en este mundo. ¿Ya pensaste cuántas toneladas de
cariño, amor y alegría cargan en sus mochilas de lona?)

16 horas

Isa me habló por teléfono, y también Fabia y también Lu. Con las tres
hablé por más de una hora, por eso me voy a saltar las 5 de la tarde. Hablamos
de todo, principalmente de las vacaciones de cada una de nosotras. Les avisé
que el fin de semana vamos a tener pastel en mi casa. Se pusieron muy
contentas, y yo también.

18 horas

Me bañé, vi la tele, leí revistas. Superinteresante: ordené mis útiles
escolares.

19 horas

TV. Más noticias sobre la huelga de los carteros. Está costando millones de cruzados. Cómo son burros y maldosos y egoístas los políticos que se entrometen en una cosa que es tan buena onda como el correo y los carteros. Por su culpa no recibí la tarjeta que Isa me mandó el día 17, de allá de Campos del Jordán.

20 horas

Mi papá me prometió aumentarme la mesada. Ya era hora. Con esta carestía la mesada acabó pareciendo semanada. Ya casi me iba al cuarto a dormir, cuando vino Regina H., amiga de mi mamá. Me trajo una camiseta y esta ternura de cartita.

21 horas

Un poco de tele y el día especial se está acabando. Voy al

Biloca:

Parece que fue ayer, Biloca, que te vi muy de madrugada entre los brazos de tu mamá y de tu papá. Los dos con los cabellos despeinados, con cara de sueño y tú llorando en la cocina de mi casa en la playa. ¿Te acuerdas? Sólo con el biberón te calmabas. Hoy cumples trece años. Ya eres casi una mujer. Y eres tan bonita. Me gusta estar cerca, viéndote crecer.

¡ Felicidades!

Regina H.

espejo y me miro largamente. No me parece que sea fea, sino que más bien podría ser más bonita.

Menos mal que los puntos negros no han aparecido con mucha frecuencia en mi cara. Y el cabello… Ya estoy harta de este peinado. La próxima semana voy a que me lo corten.

Besos burbujeantes de alegría,

Bi

Agosto 2

(agosto es el mes del disgusto, de los perros locos y del folclor. ¡Épale, qué mesecito!)

Las clases comenzaron ayer. Todo es del mismo tamaño. Hay una niña nueva en la clase, Uliana, que parece ser muy simpática. Ro me regaló un dibujo (¡¡¡me gustó a mares!!!), las niñas me dieron una cartita y otra Tatiana, con quien casi nunca platico. Regálame tantito espacio y te enseño todo.

Biloca:

Quiero decirte que tu cumples el día 29. Yo el día 28. Nosotras casi no somos amigas pero estamos en la misma clase. Me gustaría mucho ser tu amiga. Es claro que no soy tu enemiga pero tampoco tu amiga todavía. Me gusta tu manera de ser, eres alegre y sincera y a mí me gustaría tener una amiga así. No tengo ninguna. Si quieres ser mi amiga, lo seremos

Un beso grande,
Tatiana

Biloca,
siempre te he querido.
Me gusta mucho ser
tu amiga.
Te deseo muchas
felicidades en tu
cumpleaños.

Dri

Biloca
Te queremos mucho.
Seremos siempre
amigas del alma.
Un beso
Fabia

Bi:

Eres mi mejor
amiga. Por eso
sabes mis secretos
y yo sé los tuyos.
Deseo que nuestra
amistad nunca
se acabe.
Me caes muy bien.

Isa

Biloca,
Aunque no seas
tan amiga mía
como de Isa me
caes muy bien hoy
y todas las días.
Felicidades
Marilia

Creo que voy a ser amiga de Tatiana. Ahora, ve el dibujo de Ro con mucha atención.

Lo guardaré para siempre. Al dibujo y a ti.
Los adoro.

Con el beso de siempre
Bi

Querida Juliana:

Volví a ver a Ro, más moreno que en mis nostalgias. Le devolví los libros. Le dije que de veras me había gustado mucho lo que estaba escrito en el recado perdido entre las hojas. Él sonrió, una sonrisa maliciosa y de complicidad. Sabía de lo que yo estaba hablando. Platicamos un buen rato, esta vez yo hablé un poco acerca de él y a él le gustó oírme. Se acordó de mi cumpleaños y me dio un dibujo que había hecho. Una divinura. Voy a guardarlo para siempre, suceda lo que suceda. Después dijo que cualquier día me daría otro regalo. Me pidió que yo lo escogiera. Y yo ya lo había escogido... pero, ¿alguna vez tuve el valor de decir algo y pedirlo? Fue entonces cuando él, justo allí enfrente de mi casa, me tomó de la barbilla con una de sus manos y acercó delicadamente mi rostro hacia él. Fue así como empezó mi primer beso, mi primer beso con Ro... Después, entre el miedo de que saliera alguien de mi casa y el deseo de que nunca terminara el gusto, perdí la noción de las cosas. Creo que ese beso marcó el inicio de nuestro noviazgo. Sólo el inicio, porque cuando se despidió de mí, más tarde, Ro lanzó unas frases al viento: "¡Te quiero sólo para mí! ¡Quiero conocer cada parte de ti, Fabiana!" ¿Qué habrá querido decir con eso?

Fabiana, 2/08

Agosto 4

Le conté a Isa de mi pasión guardada y escondida por Ro. Me acompañó a la casa de Regina H., amiga de mi mamá, y en el camino platicamos. La hice de tanto suspenso y de tanta emoción, de nada sirvió. Isa se rió bajito, quedamente, y esperó a que yo le contara. Cuando por fin le confesé el nombre de él, ella me miró muy pizpireta y tan sólo me dijo: "ya lo sabía". Casi me da un ataque. ¿Cómo que ya lo sabía? Pero, ¿cómo lo sabía? Me lo dijo riéndose y tocándome el hombro. Me fue contando y deshilvanando una serie de hechos que la hicieron primero sospechar y después confirmarlo. ¿Te acuerdas de la fiesta de su cumpleaños? ¡Claro que me acuerdo! ¿Te acuerdas del jueguito en el pizarrón? ¡Claro que me acuerdo! Y te acuerdas de esto, y te acuerdas de aquello. Me fui acordando de todas las pequeñas pistas que me fue dando. Como ella es la amiga con quien paso más tiempo, fue atando cabos y descubrió el enigma. No me enojé ¡No! Al final, ella supo guardar mi secreto y además hizo una revelación que casi me hizo estallar el corazón. Dijo que Ro no tenía novia y que ella sospechaba que yo también le gustaba a él. ¡Por hoy basta!, ¿no? ¡Con una "bomba" de éstas!, ¿me quedará corazón?

Agosto 6

Volví a hablar con Isa. Le gusta mucho cotorrear. Me parece que inventó eso de que piensa que yo le gusto a Ro. Cuando agradecí superexageradamente el dibujo que él me dio, ¡él apenas si me contestó!: "¡De qué se trata, Biloca: Fue un dibujito insignificante!"

En la tarde fuimos a la casa de Uliana, la niña nueva de la clase, que vino de otra escuela. Teníamos que hacer un trabajo acerca del folclor y como ella entró en nuestro equipo, fuimos a su casa. Su mamá es directora de una escuela, se llama María Inés y es muy buena onda. Nos consiguió dos libros, nos dio algunas ideas y andaba por allí cerca de nosotras riéndose un poco de nuestra cara. En una de ésas, con la mayor seriedad del mundo, nos dijo que agosto es el mes más difícil para conseguirse un "chico". Claro, preguntamos por qué. Y la respuesta fue: porque agosto es el mes de los perros locos y los gatos se esconden. Un relajo.

Agosto 8

Iré a cortarme el cabello. Si el dinero del señor Alceu me alcanza, me voy a hacer unos rizos como Elba Ramalho.

¿Fiesta? ¡A menos que sea el próximo año! Todo a causa de ese infame metal que está siempre en manos de otros cuando lo necesitamos.

Creo que nos vamos a cambiar de casa. No lo sé con seguridad, pero alcancé a oír una plática entre mi papá y mi mamá que me hizo sospechar. No pregunté sobre eso porque al final el asunto no me interesó nadita, pero ahora, pensándolo bien, quiero saber de qué se trata lo de casa más pequeña y lugar más alejado. Lo más común es que se oiga que las personas quieren una casa más grande y un lugar mejor. Hay algo que no anda bien. Les voy a preguntar.

Recibimos una carta de mi abuela (menos mal que la huelga de Correos ya terminó. ¡Santo Dios, no se puede entender a los políticos! ¡Uf! ¡Dios me libre de ellos!) con algunas fotografías que tomamos en las vacaciones. Me quedé con dos.

Agosto 9

Me corté el cabello y me hice permanente. Me llevé un susto cuando vi aquel montón de cabellos todos enrolladitos. Pensé que había visto a otra persona en el espejo, pero no: era yo misma. En la escuela, cuando las niñas me vieron fueron amables y me dijeron: "Ay, Biloca, quedaste tan bonita". Estoy segura de que cuando alguien habla de esa manera y luego cambia de tema es porque no le gustó algo y no quiere ofender o lastimar a los amigos. Mi mamá le llama a eso hipocresía. Una palabra muy complicada para una cosa tan simple. Y no hablaré más de eso. No necesito hacerlo. No necesito verme mucho en el espejo. No tengo, por ejemplo, las diez o veinte espinillas que algunas niñas y casi todos los niños tienen. En la mañana nada más me tengo que dar una peinada y me escapo del espejo (pero aquí entre nos, de que quedó raro, ¡ah, de veras que quedó raro!).

Lo gracioso es que a Ricardo le gustó. Después de aquella conversación nosotros todavía no habíamos platicado de verdad ni una vez. Pues vas a creer que llegó y dijo con aquella su manera que disfruto tanto: "Me gustó cómo te quedó el corte de pelo, Biloca". Qué bárbaro. Parece que esa frasecita insignificante tuvo el efecto mágico de borrar aquella plática atorada entre nosotros dos. Fue como si nunca hubiera sucedido. Platicamos como antes. A la hora de la salida, él pasó junto a mí y me dio un chocolate diciendo: "Hay un chocolate delicioso allí dentro". Con un poco de desconfianza abrí la envoltura, tomé el chocolate y vi un cartoncito rectangular en donde venía envuelto el chocolate que decía: "YA PASÓ, BILOCA".

¡Ahh, Ricardo! Sigue siendo el tipo lindo de siempre.

Besos,
Bi

Agosto 11

Le pregunté a mi papá y me sacó de dudas:

"Tal vez nos mudemos. El dueño nos pidió la casa y la renta está muy alta. Pero no te preocupes por eso." ¿Cómo no? ¿La escuela, los amigos, mi cuarto? ¡Son casi seis años viviendo aquí! ¿Podría uno dejar de preocuparse?

Hoy es día del endeudado. ¿Nada más hoy?

Agosto 12

Me costó trabajo dormir esta noche. Tantas cosas que pasaron por mi mente. Parecía un video. Los amigos, tan difíciles de conseguir, las paredes de la casa, las macetas con plantas y flores, los azulejos amarillos y despintados del baño, el viejo ópalo de mi papá, la calle de asfalto llena de agujeros, las pisadas de las vacas en la calzada, el viento polvoriento de agosto, las bancas rayadas de la escuela. Es extraño que no pueda dormirme. Uno quiere dormir pero no es posible, no se consigue. Le queda a uno un dolor en el pecho, es el corazón creo, y uno se pone medio triste e irritado. Y sin explicación. Ni siquiera mi piyama nuevo pudo arrullarme un poco.

Hay algo triste en el aire.

Besos maldormidos,

Bi

Agosto 15

Hay algo triste en el aire, además de la superstición de ser 13 de agosto. Fue el día del padre más extraño del que me pueda acordar. Ni regalo, ni comida especial.

En la escuela hicimos una lista de las películas que más han gustado. Me divertí mucho. Ahí va:

Rambo (con Alfonso, el más temido guardián de la disciplina).

Los cazadores del arca perdida (con las niñas que buscan novio y nunca lo encuentran)

Cuentos fantásticos (las clases de Ciencias)

La guerra de las galaxias (las clases de Actividades estéticas).

En algún lugar del pasado (Profesor de Educación Religiosa: murió y olvidaron enterrarlo)

Supermán (con Paulón, grande y bobo)

Después de esta lista hicimos la lista de manías; las de los profesores y las nuestras. Ahí van las manías:

Glorita: habla con el cigarro encendido en la mano izquierda y la otra mano en la cintura

Ildefonso: sólo escribe en la esquinita derecha del pizarrón

El Bigotito: se peina el bigote cientos de veces en una sola hora

Sara: dice "este" entre frase y frase, al comienzo, al final. Mientras haya oído para escuchar habrá "estes" para hablar

João Bautista: "muy bien, jóvenes, es o no es así" (y nosotros nunca sabemos si "es o no es así")

Dionisio: parte el gis mientras explica la materia (quiebra unos diez gises por clase)

Silvia: enchueca la boca cada vez que dice "muchachos, ¡oh, muchachos!"

Las nuestras son manías mucho más interesantes, y vas a estar de acuerdo conmigo.

Paulón: manía de ir al baño y llevar las historietas del pato Donald y Pepe Carioca, aunque ya las haya leído cien veces.

Dri: dormir con calcetines aunque haga muchísimo calor

Fabia: hacer las tareas de la escuela, leer y estudiar con la radio prendida.

Yo: dormir con una sábana vieja enrollada en mi pulgar derecho y pegada a la nariz

Ricardo: comer solamente con cuchara

Isa: ponerse bermudas de colores, camiseta blanca y tenis sin calcetines cuando está en su casa.

Besos maniacos

Bi

Agosto 16

Soy mujer, finalmente. Casi completa. Solamente me falta que me desarrolle. Tan sólo un poquito más. Ayer mi papá me dio un lindo abrazo (de aquellos que dan ganas de que nunca se acaben) y me dijo "me parece que mi hija ya no es

una niña"; estaba bromeando conmigo. Él ya se dio cuenta de que yo he crecido. Pero no es eso de lo que estoy hablando.

Besos de mujer,

Bi

Agosto 17

Los papás de Marilia se van a separar. Ella llegó a la escuela y nos lo contó, como si nada. Yo no sé lo que pasa en la cabeza de Marilia. Una noticia de ésas en mi casa: mis papás separándose, habría tenido el efecto de una bomba, y sin embargo ella ni se inmutó. Como si no fuera ella. ¿Puedes creerlo? Yo no puedo hablar al respecto pues es un asunto que me hace sentir mal sólo de pensarlo. Sobre esto, yo sólo pienso una cosa, no sé si sea correcta o equivocada: los adultos echan a los niños al mundo y son responsables de ellos mientras ellos lo necesiten. Y se acabó. Los papás de Tatiana están separados, ella me lo contó. Nos estamos volviendo amigas. Ella dice que es muy mala onda vivir solamente con su mamá y que casi no ve a su papá pues se pelearon cuando se separaron. Y hablando de eso, hay otra cosa que me intriga: la mamá siempre es la que se queda con los hijos, el papá es el que se va. Parece que la mujer ya nace con el destino de ser bonita, buscar marido y criar hijos. Quiero otro destino para mí. Si he de conseguir marido tiene que ser acomedido, como mi papá (mi mamá dice que costó mucho trabajo enseñar a Alceu, pero que aprendió…). El otro día Tatiana pasó por aquí cuando mi papá estaba barriendo el patio. Ella se quedó mirando (con ojitos de envidia y tristeza) y preguntó si él siempre hacía eso para ayudar a mi mamá. Le expliqué que ese trabajo no era de mi mamá, era de él y siempre era él quien barría el patio.

Agosto 19

Ayer fuimos a casa de Madame Pompadu. Qué te cuento. Las chicas llegaron a la escuela con la tarjeta de la señora y nos pusimos de acuerdo para hacerle una visita. Acordamos que sólo una de nosotras entraría con la mujer, pero que las demás ayudarían a pagar la "consulta". La escogida, por medio de un sorteo con papelitos, fue Isa, y allá va con cara de mujer, con ropa de señora, con la cara pintada, zapatos de tacón y bolsa. Toda una señora. Juntamos nuestro dinero, pagamos la consulta e Isa fue atendida. Madame Pompadu dijo maravillas. Dijo que tendría un matrimonio feliz, que el marido la iba a querer mucho, que el problema de salud pasaría rápido y que una gran sorpresa sucedería en poco tiempo, tal vez un hijo.

Todo exacto, ¡no! Todo exactito. Váyase a adivinar así a la Cochinchina.

Para el que quiera, allí está la tarjeta de:

> **MADAME POMPADU**
> Lectura de mano, tarot y caracolas
> Adivino su suerte y su destino
>
> Discreción absoluta
> Diariamente de las 12 a las 18 horas.
> Calle Destino Verde 885 - Bella Vista

Agosto 20

Está decidido. Vamos a cambiarnos de casa justo después del siete de septiembre, aprovechando el día feriado para cargar cosas y hacer la mudanza. Ya vi la casa donde vamos a vivir. No está lejos de aquí, pero es un poco más vieja.

Agosto 21

Recibí un flechazo, un "tiro al blanco". No, nada de eso. Estoy hablando de una mirada que Fabio Azevedo, de segundo de secundaria, me echó. Yo lo sé y sentí que fue diferente, que fue una mirada querendona, calibre 38, una de esas miradas que matan. ¿Y Ro? ¿Qué hago con él? La promesa de Fabio Azevedo fue tan real y verdadera. ¿Qué hago? En lo que son peras o manzanas, voy a esperar a que me mire otra vez y confirmaré su interés. Después... Bueno, después es después y eso ya es otra cosa, otro rollo para más tarde.

Agosto 22

Día del folclor. Sospecho que la mirada fue a causa de mi cabello a la Elba asustada.

Agosto 23

Me saqué malas calificaciones en Matemáticas. ¡Qué puedo decir! Hay algo triste en el aire.

Agosto 24

Me llamaron la atención dos veces en la clase de Glorita por andar volando lejos, en otro mundo.

Agosto 25

Platiqué con Fabio. Nos reímos un poco. Me hizo bien. Me regaló una calcomanía para pegar en el cuaderno. La traje para nosotros.

Agosto 27

Regina H. estuvo platicando con mis papás hasta altas horas de la noche. Cuando se iba oí claramente: "los amigos son para esas cosas". Parece la letra de una canción, pero no, son los golpes que da la vida.

Agosto 29

Hay muchas cosas tristes en el aire. Mi papá perdió el empleo y los pocos ahorros que tenía volaron en un negocio al que se metió.

Ellos, el señor Alceu y doña Regina, están nerviosos. Y yo triste.

Querida Juliana:

Ya lo decidí. Hablaré con Ro la próxima vez que nos veamos. No sé por qué, pero ando profundamente triste...

¿Sucede esto cuando a alguien le gusta una persona?...

Septiembre 1

(mes de la patria, del corazón verde-amarillo de la bandera...)

Vamos a cambiarnos mañana. Un poco antes de lo acordado. Estamos arreglando las cosas, las cajas, las chácharas, los trebejos, las baratijas... Tal vez pase unos días sin abrir tus páginas.

Hasta la vista, querido diario...

OCHO AÑOS DESPUÉS

¡Ay! Biloca, qué nostalgia deliciosa, qué ricos aires de buenos recuerdos soplaron hacia mí hoy, cuando mamá encontró el diario y me lo dio diciendo tan sólo "mira lo que encontré". Como una película vieja, ya vista pero nunca olvidada, volví a verte en mis manos, en mis tardes-noches, a mis trece años. Tesoro perdido en los pliegues del tiempo recién recobrado. Tantas cosas sucedieron... tantas cosas... y tú perdido en una caja cualquiera, en un rincón de la vieja casa nueva.

¡Qué malas temporadas pasamos en esos años! Nuestra mudanza, que terminó siendo a una casa mucho peor, lejos, muy lejos. Mi papá sin trabajo, mi mamá ayudando como podía y yo... sin poder ayudar. Cuántas veces oí a mi papá, cabizbajo y triste, decir a mi mamá que tenía que pedir otra vez dinero prestado a su mamá, mi abuela. Se le había acabado. Y nosotros economizábamos y nos apretábamos el cinturón y nos tronábamos los dedos y todo estaba mal a nuestro derredor. Por más de un año fue así. Después, los dos trabajaban, y yo estuve al frente de la casa. Reprobé primero de secundaria, claro, mi cabeza no estaba a la par de los cambios de la vida. Tardó, costó trabajo, un año, dos, tres, pero nos recuperamos y las cosas volvieron casi a su mismo sitio. Todavía hoy, todo es tan difícil, mucho más difícil que antes, pero estamos sobreviviendo.

¡Qué nostalgias deliciosas de la Biloca de trece años!

A Marilia no la volví a ver. Dri, Fabia, Lu, Ricardo, Ro, ¿dónde andarán? Como yo, ciertamente, son adultos tratando de sobrevivir y encontrar el mejor camino para enfrentar la vida adulta. A Isa también la perdí de vista. Al principio, cuando nos mudamos, ella fue varias veces a mi casa. Pero creo que desistió.

Era mucha tristeza para la cabeza de una chiquilla. La única que resistió con valentía fue Tatiana. ¿Te acuerdas de ella? ¿Te acuerdas de la carta que me mandó el día de mi cumpleaños?: "Si quieres ser mi amiga, lo seremos". Pienso que estaba adivinando nuestra futura amistad. ¡Qué maravillosa persona! A base de cariño me ayudó con mis tristezas. Hasta hoy somos amigas. A pesar de los novios que tenemos, —ella es más apasionada que yo—, tenemos en común el placer enorme de vernos y conversar.

¿Y mis cartas escritas para Juliana y que nunca mandé? ¿Te acuerdas de ellas? ¿Y sabes por qué nunca las mandé? No debes saberlo, pues nunca te conté. Fue mi único secreto contigo. No las mandé porque Juliana no existía y porque... nada de eso sucedió, todo fue invención en la cabecita de Biloca. Ro nunca supo ni nunca sabrá que vivió conmigo días intensos de un gran amor. Que terminó a principios de septiembre.

Pauliño hoy es Paulo. Un Paulo delgado y espigado como lo era Tabla. ¿Te acuerdas de Tabla?

Un Paulo quieto, pero guapo y muy buen amigo.

Doña Regina y el señor Alceu, ¡qué barbaridad!, continúan juntos, llenos de cabellos blancos. Pero les sobra ternura.

¿Yo? Yo soy Fabiana (Biloca sólo en la casa), estoy en el primer año de la universidad, en segundo tal vez me decida a estudiar periodismo o informática y computación.

Los ojos todavía me cambian de color de acuerdo con mi estado de ánimo. Crecí unos quince centímetros. Sigo siendo golosa: como de todo, pero la gula mayor que tengo ahora es por el mundo: conocer, saber, ver, aprender, hablar, viajar, soñar, hacer...

Mañana sin falta te muestro una foto mía y si no te importa... voy a seguir escribiendo en estas últimas hojas en blanco. ¿Puedo?

Entonces... hasta mañana, querido diario.

Besos otra vez,
Fa(Bi)ana

Este libro se terminó de imprimir y encuadernar en el mes de abril de 2004 en Impresora y Encuadernadora Progreso, S. A. de C. V. (IEPSA), Calz. de San Lorenzo, 244; 09830 México, D. F. Se tiraron 5 000 ejemplares.

Encantacornio
de Berlie Doherty
ilustraciones de Luis Fernando Enríquez

**Y de pronto el mundo se iluminó para Laura. Vio el cielo
lleno de estrellas. Vio a la criatura, con el pelo blanco
plateado y un cuerno nácar entre sus ojos azul cielo. Y vio
a los peludos hombres bestia que sonreían desde las
sombras.**
—¡Móntalo! —**le dijo la anciana mujer bestia a Laura**—.
Encantacornio te necesita, Genteniña.
**El unicornio saltó la barda del jardín con la anciana y con
Laura sobre el lomo. La colina quedó serena y dormida:
Laura, los salvajes y el unicornio se habían ido.**

*Berlie Doherty es una autora inglesa muy reconocida. En la
actualidad reside en Sheffield, Inglaterra.*

Una sarta de mentiras
de Geraldine McCaughrean
ilustraciones de Antonio Helguera

—Mamá, lee esto —dijo Ailsa extendiéndole el libro abierto; luego comenzó a caminar por la tienda, al ritmo de los latidos de su corazón. No podía ser. Él existía. Lo había tocado. Tenía que existir. La vida de otras personas había cambiado a causa de él. Hizo un esfuerzo para recordar los diferentes clientes a quienes Era C. había atendido. ¿Dónde estarían? ¿A dónde se habrían ido? ¿A quién acudir y pedirle prueba de su existencia?

Geraldine McCaughrean es una autora inglesa muy reconocida; en 1987 recibió el Premio Whitbread en Novela para niños. En la actualidad reside en Inglaterra.

Una vida de película
de José Antonio del Cañizo
ilustraciones de Damián Ortega

El Jefe del Cielo al fin se decidió a hablar:
—Tomad a cualquier hombre del montón y, ¡sacaos de la manga una vida emocionante y llena de acontecimientos!
Sir Alfred Hitchcock dijo:
—Un caballero inglés siempre acepta un desafío. Me comprometo a transformar la vida del más mediocre y aburrido de los hombres que pueblan la tierra en toda una aventura...
¡UNA VIDA DE PELÍCULA! ¿Queréis participar en la aventura, compañeros? —**añadió dirigiéndose a John Huston y a Luis Buñuel.**

José Antonio del Cañizo vive en Málaga, España. En sus obras combina la corriente realista con el estilo y los recursos de la literatura fantástica: "fantasía comprometida", dice él. Ha obtenido varios premios importantes y sus obras figuran en algunos de los principales catálogos internacionales de literatura infantil y juvenil.
Una vida de película ganó el primer premio del I Concurso literario A la Orilla del Viento.

para los grandes lectores

Cuento negro para una negra noche
de Clayton Bess
ilustraciones de Manuel Ahumada

Este pequeño quiere saber cómo es el mal. Les voy a contar todo acerca del mal. Y también les voy a contar del bien. Es cosa del corazón. Es la gente y lo que la gente hace. Les voy a contar la historia de Maima Kiawú. Llegó en una negra noche, negra como ésta y trajó su mal a nuestra casa. Yo entonces era un niño y las cosas eran diferentes. Kataka era una aldea pequeñita y esta misma casa estaba rodeada de selva, porque el pueblo no había llegado hasta acá a juntarse con nosotros...

Clayton Bess nació en Estados Unidos; vivió en Liberia, en el África Occidental durante tres años; actualmente radica en el sur de California.